石头剪刀布

凌鼎年◎著

时代文艺出版社

图书在版编目（CIP）数据

石头剪刀布 / 凌鼎年著．—长春：时代文艺出版社，2019.8

ISBN 978-7-5387-6083-5

Ⅰ．①石… Ⅱ．①凌… Ⅲ．①散文集－中国－当代 Ⅳ．①I267

中国版本图书馆CIP数据核字（2019）第072647号

出 品 人　陈　琛
产品总监　郭力家
选题策划　凌　翔
责任编辑　姜程程
装帧设计　孙　利
排版制作　隋淑凤

石头剪刀布

凌鼎年 著

出版发行 / 时代文艺出版社
地址 / 长春市福祉大路5788号　龙腾国际大厦A座15层　邮编 / 130118
总编办 / 0431-81629751　发行部 / 0431-81629755　北京开发部 / 010-63108163
官方微博 / weibo.com / tlapress　天猫旗舰店 / sdwycbsgf.tmall.com
印刷 / 三河市万龙印装有限公司
开本 / 640mm × 910mm　1 / 16　字数 / 161千字　印张 / 13
版次 / 2019年8月第1版　印次 / 2019年8月第1次印刷　定价 / 28.00元

图书如有印装错误　请寄回印厂调换

目　　录

辑一　人物写真

辑二　交往交流

辑三　文朋诗友

辑四　海外文友

辑五　记忆难忘

辑六　桑梓钩摭

辑一／人物写真

王世襄老先生赠书

凡喜欢文物、收藏、考古、鉴定等圈内人，或关注这方面信息的读者，王世襄这个名字可说是耳熟能详，如雷贯耳。

王世襄老先生今年八十有九，年届小九十，是我国文博界为数不多的国家级老专家之一。王老可以说学富五车，法眼如炬，特别是在明清家具的收藏、鉴定领域，他堪称第一权威，出版过多本经典专著。

王老收藏的明清家具放到现在已是价值连城，曾有不少海外大款想要巨资收购，但王老不为所动，最后捐赠给了上海博物馆。王老的高风亮节真是让人钦佩不已。

王老让人敬仰之处还不仅仅是这点，他还十分注意提携后学。当他得知太仓收藏家殷继山用两盆名贵兰花换取了一架仲尼式宋琴，老人欣喜不已，特为殷继山喜得宋琴而赋诗一首，诗曰："大还新阁续前徽，琴曲重温妙入微，更羡南园多韵事，两兰易得四梅归。"

龚一琴师见告，娄东继山先生近以名兰两株易得南宋四梅道人制琴，可谓艺林佳话，爰作小诗，聊博一粲。

辛巳冬月　畅安王世襄时年八十有七

当殷继山最近去北京拜访他时，一老一少把谈甚欢、王老得知殷继山对种兰养花颇有心得，对古典园林情有独钟，对古琴、古琴谱悉心收觅，甚是欣慰，赞誉有加。临别时，他执意要把自己收藏的一套《弇州山人四部稿》与《弇州山人四部稿续集》赠送给殷继山。这是20世纪50年代影印的明刊本，因当时印数极少，现在已极难觅到，弥足珍贵。

《弇州山人四部稿》总共要5部，每部6卷本，《弇州山人四部稿续集》则要7部，也是每部6卷本，合起来要12盒，共20卷本，蓝色的仿明封套古色古香，看着让人怦然心动，俗话说无功不受禄，如此厚礼，殷继山如何敢随便接受。但王世襄说："物要尽其用，我已奔九十岁的老人了，这套书送给爱书的你，让王弇州的著作回到他的家乡太仓，这是很有意义的事。"

王老怕殷继山再推托，索性提笔在书的扉页上题写了起来。他写道：

继山先生风雅之士也，近年潜心弘扬太仓传统文化，不遗余力并发愿重建南园，诚壮举也。嘉靖间凤洲先生乃一函，适寒斋藏有此书，谨专诚奉赠，或对研究历史，有一助也。

二〇〇二年八月　畅安王世襄时年八十有九

王老毕竟已是耄耋之年，身体大不如从前，已封笔不再题匾题词了，这次破例为殷继山题写扉页，拳拳之心，溢于言表。

写此小文时，我正在阅读吴舟先生著的《王世襄》一书，此书为“中国文博名家画传”中的一种，读着读着，愈发对王世襄老人肃然起敬，谨以此文，表达我对王老的由衷敬意。

2002年9月21日

怀念高晓声

从报上见到著名作家高晓声因病抢救无效，与世长辞的噩耗，我的心一下子沉重了起来。

高晓声向来是我敬重的前辈作家，我敬重高晓声，一是因为他的文品，二是因为他的人品。

我一向认为作家应该以作品说话，作品不在多少，关键要有传世的精品。高晓声的作品虽然不是很多，但像他的“陈奂生系列”都是有经典意义的作品，我甚至认为陈奂生这人物是可以与阿Q、孔乙己相媲美的人物。一个作家，一生能创造出这样一个人物，就不虚他的那支笔了，九泉之下也可瞑目了。

高晓声的一生很坎坷，大部分时间都在农村，他熟悉农民，了解农民，心甘情愿地为农民树碑立传，为农民兄弟鼓与呼。我从没见高老写过那种品位低、稿费高的作品，也没见他写过言不由衷的违心之作。

对高晓声的小说我一直有一种偏爱，人物、故事到了他笔下都是一种自然流淌，真实得你不能不信，真情得你不能不感动。高晓声是写人的顶尖高手，是短篇小说领域里真正让人佩服的为数不多的大家之一。

高晓声在文坛中名声很显赫，但他从不像有些名家那样摆谱拿架子。

记得1992年时，我策划了一个“江苏省小小说理论研讨会”，此事得到了江苏省作协、苏州市文联、苏州市作协的大力支持，最后决定以江苏省作协，苏州市文联、作协的名义召开，会议地点放在苏州钢铁厂。考虑到这是江苏小小说作家第一次大聚会，我们设想请几位著名作家压压阵，以壮声势，高晓声是写短篇小说的行家里手，也多少写过几篇小小说，所以首先想到了他。但有人担心请不动他这样的大名家，我说试试吧。哪想到高老一口答应了，说只要届时不冲突，一定来。但另一位当地的名家我们通过多种关系去请他，他就是不肯来，以种种借口推脱，似乎来参加一个小小说的研讨会，会降低了他的身价。后来高晓生到后去请他，他竟说：“我已说了不去，就不能再去了。”高晓声不攀高枝，乐于扶植后学的精神，我至今心存感激。

那天研讨会上，高晓声还作了热情洋溢的发言，他开门见山第一句话说的就是“小小说是我的老师”——石破天惊之语，使与会者都吃惊不已。接着高晓声诠释了这句话，他认为《聊斋》是中国最古老最优秀的小小说，他的许多写作营养是从《聊斋》中汲取的。他还预言小小说一定会繁荣起来，因为读者欢迎。

大家都对高晓声精彩的发言报以热烈的掌声。

从此，我对高晓声在敬重之外又有了一种亲切感。

那时，我负责编著太仓市文联主办的一份《娄东文艺》，为了提高刊物的档次，我写信给高晓声，请他为《娄东文艺》题几个字，没想到，不久，高晓声就把题词寄来了，还在来信中谦虚地说他的字不登大雅之堂，献丑了，并特地书写了两幅，让我选用。我选了一幅“文艺太仓”，落款是“高晓声 壬申夏日”。我至今还保存着。

今年年初，我策划了一套《中国当代小小说名家新作丛书》，想请高晓声写个序。电话打到高老家里，他在电话里对我说：“实在抱歉了，我明天就要到海口去，身体不好，南京太冷，受不了，去海口暖和暖和。”

我不死心，等高老到了海口后我又打了电话去，高老说：“我身体很差，写不动了……”

为了减轻高老的负担，我以高老的口气，写了个初稿，打印后寄给他，我在信中说：这算是我提供的素材，可以在上面改，改后我来整理打印。实在写不动的话，您如果认可这些文字，签个字就行了。

不久，高老来了回信，信很短，他说：“我的身体状况真的不允许我再动笔了。那些集子我都没读过，这个代序我怎么能签名呢，你请别人写吧。”

这个序虽然没写成，但高老为文的严肃态度深深地感动了我，我愈发敬重他了。

高老病危的消息我已听说过几次了，这次，他终于仙游了，在他71岁生日的前夕。

说起来人生七十古来稀，但如今71岁又算得了什么，高老，您走得太早了。

您虽然永远地走了，但您的名字、您的作品，您塑造的陈奂生、李顺大等人物形象，将长远长远地留在读者的记忆之中。作为一个作家，您已不虚此生。

1999年7月11日

在吉隆坡遇叶辛

到了吉隆坡，听马来西亚华文作家协会会长云里风先生说后才知道，应邀参加第三届世界华文微型小说研讨会的还有中国作协副主席叶辛。记得1992年时，我们太仓文协曾邀请叶辛为当地文学爱好者讲过课，我接待过他，算是有过一面之交。如今在异国他乡第二次握手，既出乎意外，更令人高兴。

叶辛是国内为数不多的真正可以称为著作等身的作家。据我知道，他已出版了六十多本集子。也许在普通百姓中间，叶辛的名头还不如金庸金大侠，但在中国的作家中，叶辛这名字的知名度绝对是排在头里的，随着《蹉跎岁月》《孽债》等长篇小说被改编为电视连续剧后，叶辛这个名字随着他的作品走入了寻常百姓家，随着他作品走红人也跟着走红，可以这样说，在文人圈中，在有过知青的家庭，叶辛这名字几乎是无人不知，无人不晓的。更有趣的是，自从《孽债》播放后，“孽债”这个词汇就不胫而走，成了沪上流行语之一。熟识的朋友间戏谑一句：“是不是有孽债啊？”我未考证过这算不算是叶辛的独创，但至少这个词汇的高频率出现，叶辛的作品当记第一功。一个作家一生中能塑造出一两个与众不同的人物形象，或有一两部作品为读者喜欢为读者记住，就算心有所慰，不枉了作家这称号。叶辛的名字不但与多部作品连在一起，还赋予了“孽债”这个词汇新的生命力，丰富了现代汉语词汇，这在大师级作家中也不是人人有此贡献的。

我在今年10月份时曾参加了江苏省作协在太湖东山召开的苏南创作会议，那次会议上著名作家陆文夫讲了一则意味深长的笑话：有人在介绍某位作家时，加了“著名”两字，因听者不知其著名在何处，遂问：“不知有何名作名篇？”谁知介绍人与这位被冠于“著名”两字的作家都愣住了，想不出有何值得一提的所谓名作名篇，当时的尴尬气氛是可想而知的。比之那些名大于实的著名作家，在叶辛的名字前加上“著名作家”几个字倒是名副其实的，用上海话说“实打实的”。

我在上海及各地有不少作家朋友，也曾参加过某些场合的文友相聚，有时臧否人物，会口无遮拦，有些人说话还很损，把某作家批得体无完肤也是常有的事，但谈及叶辛，却只闻褒语鲜见贬语。叶辛口碑之好，在作家中简直是个异数，难得得很。因为通常知名度越高，莫名其妙的流言蜚语越多。

据我知道，有人对叶辛“好运气”是不无嫉妒的，但叶辛有那么多受读者欢迎的作品摆着，这可是硬碰硬的，玩不得虚的。想想吧，800多万字数的作品不要说是一个字一个字写出来的，就是抄一遍，也是个庞大的工程，是非一般人所能耐得住寂寞去完成的，因此再眼热眼红也无话可说。我对叶辛的作品及介绍文章看过不少，除了佩服他的为文，更佩服他的为人，总觉得叶辛作为一个知青，从贵州山区走上文坛，走到今天这一步不容易，他是凭自己真本事挣来的。不是凭“好爸爸”，不是凭关系弄来的。他有如此好的口碑，绝不是一句“会做人”所能解释、所能赢得的。

叶辛是写长篇小说的，即写大小说的，他的作品满世界飞，有足够骄人的资本，但他并没有丝毫轻视写微型小说的人。他在研讨会发言中说，微型小说能在小说的美学传统与小说的当代意识之间达到一种和谐，自有其独特的魅力，微型小说作为小说的一个品种，已自成一定格局，成为20世纪80年代以来中国文坛一个特有的蔚为壮观的景象——这些话出自中国作家协会副主席叶辛之口，又是在国际研讨会上说的，有着沉甸甸的分量。因此，叶辛的这个发言，第二天马来西亚《南洋商报》与《星洲日报》就都做了专门的报道。

叶辛虽然也客串写过几篇微型小说，但谁都知道他的主打产品是长篇小说，因此这样的研讨会，他借故溜号，出去会会朋友，逛逛商场，或者去哪个旅游景点转一转，我想别人也不会在意的。但律己的叶辛自始至终，一场不落地听完了六场研讨会所有作家、教授的发言。会议期间，有多位教授相约去举世闻名的马六甲海峡一游，作为作家的叶辛，马六甲海峡的诱惑必更大，但他很注意中国作家的形象，很注意自己的身份，坚持留在会场倾听各国作家的发言与争鸣，不为异国风光所动。

按叶辛这身份，研讨会结束后，让马来西亚文友派辆车陪他到马六甲海峡或其他旅游胜地看一看，玩一玩，轻松一下，应该是绝对没有问题的，但叶辛在会议结束的第二天一早就及时返回了上海。去机场的路上他告诉我：“还有许多的稿要写，许多的事要做，哪有时间去玩。”

说实在的，开始我并没有想到要写叶辛，但有几件小事留给了我很深的印象。譬如大会开幕式后，秘书处请大家到洲际大酒家门口拍一个集体照，我注意到有些人唯恐排在了边上，排在了后排，但叶辛却不声不响地立在了排尾，我觉得他此时的身份不仅仅代表他自己，更代表中国作家，所以我把他推到了第一排就座。

还有，叶辛是著名作家，找他合影的不少，他犹如道具，别人一个个地换，他却得一动不动地站在那儿，还得有笑脸，但他一点儿也不恼，也无半点儿怨言，始终笑眯眯的，极是随和。不像有些人，一阔脸就变，一有了点儿知名度，就狂得不知自己几斤几两。叶辛不因为自己是中国作协副主席、上海市作协副主席等一连串头衔就摆谱。最令我感动的是在我上台宣读论文时，叶辛给我拍了好几张照片，这对我来说自然是很有纪念意义的照片。在一般人心目中，叶辛这种身份，通常是别人为他拍照。但他很善解人意，他知道国际研讨会每个人发言规定十来分钟，错过就错过了，不可能重来一遍，因此，他抓住机会给我留下了瞬间的定格，在此，谢谢叶辛！

我还注意到一个细节，在会议期间叶辛不管哪个国家的作家，不管认识不认识凡赠书给他的，他一律回赠一本自己的签名本。说起来这属礼尚往来，但我也注意到有些人是拣佛烧香的，凡名头比他大的，或能为他发稿、写评的，就赠名片、赠签名书，对他来说认为不值得交往的，人家赠了名片，赠了书，不要说回赠书，名片不回赠的也有。相比之下，叶辛身上确确实实有许多值得称道、值得他人尊敬的地方。他的儒雅、睿智、随和、律己，都给我与到会的各国嘉宾留下了极深的印象。

与叶辛在吉隆坡相处的日子是短暂的，但叶辛留给我的好印象，以及彼此的友谊，我想，会是很长久的。

1999年12月

许淇其人

在我国当代文坛，许淇算得上一个人物，在他的作家称谓之前加上“著名”两字的定语想来是不会有人持异议的。说得再具体点儿，许淇是内蒙古文坛少数走出草原，走向全国文坛的作家之一，特别是在散文诗方面，无论以作品数量、质量排，以资历、以知名度排，他肯定是排在前几位的。套用个俗词，写散文诗的不知道许淇的，十有八九还没出道。

许淇的名字我多年前就熟悉，作品也读过一些，大致的印象是：一位传统意义上的老作家，却又不泥古守旧，能接受新思想的作家。

我第一次见许淇是在1998年应邀去内蒙古包头市首届文学讲习班讲课时，记得在白云鄂博偶然相遇，那次他在接待《人民日报》的一位散文诗作家刘虔。

彼此虽未深淡，但互相交换过名片，也算是有一面之交了。以后双方各自在不同的报刊上读过对方的作品，也等于一次又一次的再见面，每每见到对方的作品，无意中多了份亲切感。

许淇来太仓我完全没想到，那天他从常州打电话告诉我，想到苏州住几天，再来太仓看看，之后再去上海。有朋自远方来不亦乐乎，只是太仓是个江南小城，与大草原的风情完全不能同日而语，也没有成吉思汗陵、响沙湾、五当召、昭君墓等名闻天下的名胜古迹，我怕他会失望。

也真是不巧，今年江南的梅雨季节少雨干燥，许淇到的那天偏偏是今夏入梅以来最燠热的一天。我陪他看了明代复社领袖张溥的故居，参观了中国新舞蹈奠基人吴晓邦的舞蹈艺术馆、清代时的太仓园林之首南园，还有明代郑和七下西洋的始发地刘家港、郑和纪念馆，以及世界著名物理学家、“东方居里夫人”吴健雄的墓园等，因热，汗湿透了许淇的衣衫，但他看得津津有味，还不时记上几笔呢。在长江口的江堤上，许淇眺望着前方隐隐约约的建筑物，认真地观察着、提问着、思考着。我告诉他：正前方所见的是崇明岛的倩影。右手里见到的大烟囱是上海宝钢的标志。许老凝神远望，看着想着，或许这里与草原的反差太大，触发了他什么灵感吧。也许，过不了多久就能读到他描写太仓风情的诗文了，我期待着。

巧事碰在一起，那天我刚巧收到包头市文联寄赠的《鹿鸣》杂志，封二正好登了幅许淇的现代画《繁花似锦》。那缤纷的花朵处在具象与抽象之间，以冷色调的色块取胜，又有看似随意，却又恰到好处分割画面的线条，给人一种冷艳的美的享受。

原来，油画正是许淇的专业，他曾就读于颇有盛名的苏州美专，颜文梁是其老师，他虽不是刘海粟大师的入室弟子，但与刘海粟保持了多年的友谊，曾得到过刘海粟老人的指教。1950年，许淇来到了内蒙古草原，20世纪50年代的草原虽说风光如画，可惜边陲地区不具备画油画的条件，他只得改写诗文，因为写诗写文章只需一支笔一张稿纸而已，也算是歪打正着吧，从此中国文坛多了一位著名的作家，不过在副业成正果的同时，他的绘画专业也大有收获，其美术作品非但收入了《中国当代作家书画作品集》《华夏千家书画家》《中国美术界名人名作博览》等集子，还被中国香港、澳门等地区及国外藏书家所收藏。

许淇将他的第10部集子《在自己的灯下》赠送了一本给我，翻读了这本随笔集后，我才知道许淇之淇乃古黄河的支流，是爱这字的声义之美，取活水汲汲不尽之意。他还从《诗经·卫风·淇奥》篇中，取“瞻彼淇奥，绿竹猗猗”中“淇奥绿竹”首尾两字，用作了自己的书斋名：淇竹斋。后来，他索性根据自己住的陋巷陋室，将书斋取名为“泥居斋”。他在泥居斋里写出了大量精美的散文诗与受读者好评的散文、随笔、短篇小说等。

许淇在文坛曾有过一连串的头衔，退休后，时间充裕了，他开始了“行万里路”的壮游，说不定祖国大好河山能激发他的灵感，他的创作会进入另一轮井喷期。不管收获之果结在文学之树上，还是结在美术之树上，我与我的读者同样为之欣喜。

写到这儿，我突然想起，许淇印在《风铃文丛》那集子上的照片，乍看，与著名导演谢晋颇有几分相似。我办公室的一位同事那天翻到许淇照片，脱口说道：“这不是谢晋吗?”我答曰：“他俩不但照片像，而且老而弥坚、老而弥壮、雄心不已的心态与精神更像呢。”

2000年7月1日

双笔书法家李宇国

也许你见过左撇子书法家，但你见过左右手双管齐下，同时挥毫，又书写自然、功力匪浅的书法家吗？有这一手绝活的乃陕西的书法家李宇国。

如果你没见过，且慢下论断这是雕虫小技，还是哗众取宠。常言道“耳听为虚，眼见为实”，你若有幸欣赏到李宇国先生的书法作品杰作，是万万想不到这是左右手同时下笔，一气呵成的真迹，你如果有机会亲眼看见李宇国运笔时的风采，或许也会觉得叹为观止。

当友人第一次打电话告诉我，说李宇国的双笔书法独步天下时，我很不以为然。我以为这与用嘴写字，用脚趾头写字同属一派，有杂耍的味道，乃表演类书法，与书法艺术不在一个档次。友人见我有如此偏见，执意叫我去周庄见一见这位双笔书法家，当场看他写几幅。

有感于友人的诚意，我赶到了昆山周庄。

李宇国先生给我的第一印象可用“不俗”两字来形容。

他是感情内敛，气质外溢的文化人，粗粗一瞥，淡淡几句，他的不亢不卑就显出了底气，他的大智若愚就凸出了个性。

晚饭后，在友人的鼓动下，他上场开笔。但见他先静坐片刻，似在运功，似在默念，之后，神定气闲，凝神凝思，双手各提一支斗笔，饱蘸浓墨后，在六尺宣上左右开弓，写下了“贞丰睿萃”四个大字。这几个斗大之字，雄浑劲遒，力透纸背。即便全是用右手书写的，也属使人弹眼落睛的好字，何况他是双手同时写成的，这是许多人亲眼所见的，没半点儿做假的。

小坐片刻后，他再次提双笔书写了“博览精思”四字，大气、精神，使人爱不释手。

写了两幅后，他说要为我写一幅，他已知道我乃从事微型小说创作的，故略一思索后，挥笔落墨，我注意了一下，先是一左一右“穷微”两字同时完成，再一左一右“测妙”两字书毕，我最欣赏的是这幅字中出现的枯笔，虽为枯笔，却笔笔有力，笔到力到，一笔不虚。

此时的李宇国，额上已渗出了汗珠，可见他运笔的力量，看来笔扫千钧之说，不虚不谬。

大概是写出了兴味，他默坐运气运功后，又双笔写了一幅“清幽萧远”，那“清”字骨硬韵浓，那“幽”字更是丰蕴厚实，笔简而意悠，让人品读，让人回味。

李宇国本是晋中师范学院中文系的教授，因此他的古文功底极好，他在每幅大字下都会题写一行小字，左手右手各写一半，可惜我当时未记录，已回忆不起来写了些什么，但这一幅的小字“俱怀逸兴壮思飞，欲上青天揽明月”我记住了，这不仅仅是李白的诗句，更主要的是那“兴”字乃枯笔而成，别有韵味，那“飞”字又比其他字特别大些，真有一飞冲天的感觉，故给我的印象特深。虽为信手拈来，却似匠心独运，妙手偶得之。在场的人一致评此幅为精品，我说此乃神品、逸品之作，属可遇而不可求之作。

不知是李宇国先生觉得他给我写的那篇还不属他的得意之作，还是我友人存心想让我独得两幅，他纵恿李宇国先生再为我写一幅。

对书法家来说，写字不难，难的是写什么内容，贴切最是不易。这也最能掂出书写者的古文修养。

这回，李宇国有如入定，一则平心静气让功力集于双笔，另一则在思考佳句美文，不愧是教授级的，他提笔时一脸自信，写下了“冀酌希夷”四字，希夷是一种境界，是一种道家语，是一种宇宙观，古人曰“无色曰夷，无声曰希”，确切地讲这是一种空虚寂静的状态。说心里话这四个大字的内涵，与我目前的生存状态，以及我的艺术追求，似有距离。但仅从书法角度而言，这四个字，字字有扛鼎之力，笔笔有霸王之气。

中国书法的美学观认为书卷气乃书法的高境界，我十分偏爱李宇国在大字下的那一行小字，他写道“玄妙之意出于物类之表，幽邃之理埋伏于杳冥之间，非有独闻之听，独见之明者，莫议无声之音，无形之相”。这段哲理性语言，既透露了李宇国的内才与为人为艺的态度，又恰好与所题四字相得益彰，从一定意义上诠释了他所题的那四个字。

看了李宇国的双笔大字，他的功力确实让人惊叹，他的古文功底更是让人钦佩。

大概我友人见我啬吝赞扬语，知我还有所保留，故取出两卷20米长的书法长卷，一卷为书辛弃疾的《破阵子·为陈同甫赋壮词以寄之》：“醉里挑灯看剑，梦回吹角连营……”一卷为苏东坡的《念奴娇·赤壁怀古》：“大江东去，浪淘尽，千古风流人物……”一气呵成，气韵连贯，均为左书，对书法家而言，长卷最见功力，稍有不慎，若错字，若漏气，好端端的一幅书法作品就前功尽弃。观李宇国的长卷，与其斗书榜字霸气狂气大相异趣的是，竟一派文气、静气，那行书流畅飘逸，率性为之，真情毕现，属那种可反复赏玩的珍品。

至此，我开始对李宇国刮目相看。我与他聊了起来，这一聊，就有相见恨晚之感了。我有了写一写他的念头。我问他索要资料，他说手头只几本他写的书法教材，我看后又吃了一惊，皆蝇头小楷，那一手字清秀隽永，与他的大字构成极大反差，且是他自己装订的线装书，咋看咋舒服。关于双笔书法，李宇国引经据典有专门的阐述，极为精辟，我真想当回文抄公，把他的观点公之于众，但文章太长了，只能打住了。

李宇国早年窝在小城，知者甚少，近年刚出山，但中央电视台、《光明日报》等已专门报道过他，书画大家高冠华、陈大羽、武中奇等权威人士都对其赞叹不已，有人则称他为双笔书法大师。也许，就其知名度而言，还不宜过早称大师，但他的实力确实不能低估，比之那些名大于实的所谓大家、大师，李宇国无疑是“绩优股”，人们早晚会对他的双笔书法喊好的，我坚信不疑。

2001年12月9日

杨丕光的巨笔大字翰墨情

接到杨丕光先生书展请柬时，我一愣，印象中似乎与此公没有任何交往，但又觉得这名字很熟，好像在哪儿见过。当知道是大字书展时，我突然想起三年前曾在中央电视台的新闻报道中见到过杨丕光老先生手执如椽巨笔，以力扫千钧的气势，一笔挥就一个巨无霸似的“龙”字，时在海内外清明节公祭黄帝陵活动中，众目睽睽之下，无数照相机、摄像机追踪之下，来不得虚，做不得假，而且只能成功，不能失败，还只允许一次性成功，而对一个身材瘦小又古稀年纪的杨丕光来说，不啻是个考验——要知道，是一笔书写一个42平方米的巨幅“龙”字啊。但胸有成竹的杨丕光老先生成功了，那个龙字扶风生云，如飞如腾，端的是气势不凡，赢得阵阵喝彩。

杨丕光祖籍河南孟州，却出生于江苏南京，故字苏生，因酷爱书法，善写龙字，又号“墨龙”。

墨龙先生这位龙的传人，与龙有情，与龙有缘，曾书写了99幅不同字体的龙字，寓意“九九归一，国盛龙腾”。

杨丕光以巨笔大字出名，尤以书写巨幅“龙”字名传遐迩，海内外不少收藏家以得到杨老的“龙”字墨宝为荣为骄，但杨老立誓这99幅巨“龙”大字既不拆幅单卖，也不联幅让境外拍卖去，这“龙”的风骨令人起敬。

迄今为止，杨丕光老先生已先后为许多海外友人书写赠送了墨宝。各地新闻媒体的报道，各种获奖，各种荣誉，如一一列出，可写长长一串呢。

我虽然与杨丕光老先生仅见了一面，但接触后、交谈后，我深为他对书法的感情和对中华文化的情结所感动，他的巨字写出了一种气势，写出了一种精神，令人想起泰山经石峪的榜书之祖。我在想，泰山、榜书、龙字、龙精神，这期间实在是一脉相承的，一条中华传统文化的主线贯穿其间。杨老先生弘扬的不仅仅是中国书法的传统，更是弘扬了中华文化，弘扬了龙的精神。

1999年5月30日

大汉雄风，大家气象

——张旭光与他的书法

我不是书法圈内的人，且久居东南一隅之太仓小城，识见有限，然即便我等孤陋寡闻之辈，也听说过张旭光大名，知其在当代书法界乃扛鼎人物。认识张旭光缘于“月满垂虹·张旭光书法全国巡展”，因在邻县的吴江开幕，我好友赵智是策划者之一，就应邀躬逢其盛了。那次开幕式可说是名家云集，高朋满座，观众达千余人，堪称盛况空前。那次场面上的情况，多家媒体已全方位报道，无须我再赘述。

印象中我一进展览大厅，一种震撼扑面而来，大气磅礴，气势慑人是给我的第一感觉。

我慢慢悠悠，认认真真地在展厅里欣赏了一遍，说实在的，我看过的书法展不算多，也不算少，但平心而论，这是一个高规格、高格调、高水准、有个性、有特色、有亮点的书法展。

张旭光先生这次的书法展的重头戏是他的狂草，且属大幅巨章，整墙整墙，满壁生辉，面对那些流畅的线条，蕴藉的字符，仿佛看到先生挥动斗笔，运气屏息，一泻千里，一气呵成，真可谓倒海翻江，汪洋恣肆，墨韵淋漓，气象万千。

张旭光的草书写得率性、写得洒脱、写得浪漫、写得激情，笔走龙蛇，胸有成竹，笔到力到，墨至韵出。粗看狂放不羁，细品自有章法。他追求的是整体的美，而非局部的精，那种气韵、那种气势，令人想起唐代公孙大娘的剑舞，诗仙李白的激情，情感来时，灵感来时，喷薄而出，奔涌而来，自然而然进入角色，手之舞之，足之蹈之，拦也拦不住，刹也刹不住，人同此心，心同此理，艺术到一定境界都是相通的。

记得我在张旭光书法作品研讨会上有段即兴发言，谈到了“道”与“技”的问题，我个人认为，张旭光更注重的是对“道”之层面的领悟与把握，而非斤斤计较于“技”的得失。就宏观而言，他审时度势，开拓创新，把书法提升到国家精神与国家的文化中兴、个人的精神追求、道德修为结合在一起，精神高度决定作品高度，诚哉斯言。而书法界有些人太过于讲究笔墨技法，让技法束缚了自己的灵气与才情，让技法把自己圈在了一个相对狭窄的天地里，只看到鼻子底下的那些技艺，无法站在一个高度上看问题、想问题，视野就窄了，格局就小了。张旭光的作品大气，有汉唐雄风，得益于他站得高看得远，得益于他在大处着眼，小处着手。

张旭光的草书有其张扬、狂野、无拘无束的一面，让人能感受得到电闪雷鸣，剑拔弩张，项羽扛鼎，张飞舞戟，那种霸气，那种冲劲，那种博大，那种无我，那种王者风范，那种书者独尊，那种一览众山小的豪气，流溢于字里行间。然而，这仅仅是表象，他的草书也有写得很静很文气很内敛的，他有几副行书对联，更是平和、冲淡、简洁，笔之所至，情之所至，看之让人静心、让人平气、让人流连、让人享受。

张旭光不像有些书法家只专攻一路，他乃多面手，其隶书厚重老辣，楷书笔法、隶书笔势、篆书笔意融而为一，笔墨醇厚，遒劲灵秀，有野逸稚拙之趣，深得金农漆书之三昧。

观张旭光书法，根植传统，又跳出传统，有传承，更有探索，有开拓。拙朴、古雅有之，创新、变异也有之，以汉唐气象融入魏晋风流，且与时俱进，故而凝重者凝重，灵动者灵动，体因字变，墨因体新，随世随时，有变有化，吐故纳新，即古即新，以气势胜，以格调胜，以力度胜，以韵味胜，从而引领潮流，站在主流书风的前沿，成为书法界的大纛。

张旭光被行家誉为当代书坛的领军人物，并不是他在中国书协、美协有位置有头衔，而是他有精品力作，有自己的理论，这在中国的书坛是难能可贵的。他倡导的“重读经典”“激活唐楷”“发展新帖学”的论点与观念，提出的“到位与味道”的创作标准，正在产生越来越大的影响，独领风骚。作为新帖学的代表人物，他身体力行的是以中国精神为核心价值观念、美学理念，作为一个开风气之先的书法家，他的作品、他的理论正冲击着当代书坛，影响着一代人。

2013年2月16日

中国墨舞大师李斌权

6月初，粽叶飘香，当国内的中国人正寄情于传统的端午节时，在异国的巴黎，一条闹中取静的街道上，一家名为“笑纹餐厅”的百年老店里，在众多老外友善而好奇的眼神里，迎来了几位中国人。

在欧洲华人学会副理事长、奥中文化交流协会会长常恺先生的安排下，来自中国的著名书法家李斌权、作家网总编赵智、央视“国宝档案”主持人任志宏、新华网、人民网、光明网、经济网记者等一行来到了这家颇负盛名，一般中国游客几乎从不光顾的老店。据说法国的不少文化名人都爱雅居于此，这里的烤牛排、甜点等还曾诱惑得美国人也慕名寻访而来，而我们无非想领略一下法国人的酒吧文化，零距离接触、观察一下法国人日常的生活情趣。

几杯百年餐厅自酿的正宗法国红酒下肚后，话头就稠了，聊着聊着就聊到了轰动维也纳的“中国书法音乐会”。2011年是中国与奥地利建交40周年的日子，为了庆祝并纪念这个日子，由奥地利维也纳市政府邀请，并得到中国文化部批准的“中国书法音乐会”在维也纳霍夫堡皇宫隆重上演，这次演出获得了轰动性的成功。而这次音乐会的主角就是李斌权——中国书法音乐的倡导者、实践者，被媒体称之为中国书法音乐第一人。

李斌权，山西人，一个出晋商的地方。20世纪60年代出生的他，毕业于西安交大。可能是得晋商之遗传与影响，他一度在商界干得风生水起。但骨子里对书法的热爱、对艺术的敬畏，使他还是放不下儿时就有的艺术之梦，最后又回归艺术。目前，李斌权是中国书法家协会会员，中国书法家协会艺术发展中心副主任。

如果要追根寻底，他从小就喜欢中国传统文化，从小就练书法，有着扎实的童子功。青年时代的李斌权其内心常常有一种狂野的冲动，因此他酷爱张旭与怀素的狂草，喜欢他俩的率真，喜欢他俩的狂放。书法界向有“颠张醉素”之说，但李斌权并不好酒，做人也不癫狂，他学的是张旭、怀素草书的那种气势、那种变化、那种不拘一格、那种随意潇洒。

在2004年时，他大胆而率先提出“音乐书法”的概念。这是一个独创性的概念，这是他深思熟虑后提出来的。他深知音乐属于“流动的音乐”“有声的音乐”的范畴，书法属于“凝固的音乐”“无声的音乐”的范畴，跨界组合，是一种尝试，是一种探求，虽然有点儿冒险，但值得试试。于是，李斌权身体力行，成了“音乐书法”的倡导者与实践者。他试图将中国的书法和音乐艺术紧密融合在一起，既弘扬了中国的书法艺术，又丰富了音乐的创作，还为现代音乐和书法的发展提供了新的创作灵感与新的形式。李斌权的书法音乐会在国内与多位大牌歌星合作取得不俗的口碑后，他又试图借书法音乐会的形式，把中国文化、中国元素推介给西方的观众。经评估后，有识之士都认为这是一条行之有效的路子，书法音乐这个载体可以一试。于是，李斌权在海外的演出又拉开了序幕。世界音乐的圣地在奥地利、在维也纳，要亮相就到最权威的舞台，李斌权来了，在世界舞台上展示了他策划、实践的书法与音乐的对话。他用中国元素与国际音乐语言把中国的书法演绎得淋漓尽致。

很多人光看到了李斌权近年在海内海外，一场场地表演，一次次的轰动，媒体一而再，再而三地聚焦、采访、报道，却很少有人看到他在书法上花的时间，下的苦功。就书法而言，正行草隶，其中写草书，特别是写狂草最累人，不但要有功底，还要有体力，因为只有一气呵成，才能气韵一贯到底，浑然天成。而李斌权的狂草，不仅仅是大幅巨幛，得用大号斗笔，更不易的是他得面壁而书，这需要的腕力是平常在书桌上书写的数倍，如果不是身强体壮，一般书生模样的书法家恐怕难以胜任。更难的是，既然是书法音乐会，书法与音乐就得完美结合，就得相辅相成，而音乐有音乐的规律，每首曲子都有自己的旋律，这就需要李斌权作书法与音乐两方面的选择。第一当然是书法作品的选择，那诗词，那文章，太短了不行，太长了也不宜，古奥生僻的会影响效果，最好是历史上有知名度的诗词或文章，这首先得全文背出，其次才是书写，没有相当的文化素养，没有扎实的古典文学积累还真上不了场。而且，这诗文得有起伏、有变化、有高潮，这样方能配合其内在的韵律，顿挫抑扬，且书且舞。一场下来，汗湿衣衫是再平常不过的事了，甚至不比踢一场球轻松。有些现场看过李斌权表演的，竟然脱口说出这样的话：“这简直就是重体力活啊。”当然，更多的观众由衷地夸道：“这李斌权好样的，为中国人争光了！”

是的，从某种意义上说，确实也可以说是体力活，你看他，全身心地投入，全身每一个关节每一个部位都在动，还得合节合拍，以书写出书法的美，表演出书写者的美，呈现出舞台的美，构成整体的美，真难为他了。

李斌权写狂草时，那种激情，那份投入，堪比张旭癫狂时、怀素醉酒时的书写，精气神不仅仅表现为作品，也反映在他身上，他提笔而书时，极为放纵，真的是龙飞凤舞，行云流水，或如疾风暴雨，或如长袖善舞，或如金蛇狂舞，或如清风入怀，或空灵飘逸，或肆势汪洋，笔势相连而圆转，字形狂放且多变，使转如环，奔放流畅，字里行间“阴阳变化、变化多姿”。那特大的宣纸上一派云蒸霞蔚，文气四溢，满纸烟云，美不胜收，胜在气势，胜在韵味，胜在收放自如。有评论家认为：书法音乐乃墨与韵的结合，属翰墨和韵。是的，观李斌权表演书法，眼中有形，耳中有音，无形的、有形的、抽象的、具象的，有视觉享受，有听觉享受，说它是无言的诗，无行的舞，无图的画，无声的乐也不为过。我之评之：李斌权，乃中国墨舞大师也！中国书法音乐第一人！

也许有人认为书法与音乐风马牛不相及，拉在一起上舞台表演，这有作秀之嫌，此观点错兮！如果仅仅是为博眼球，为求轰动，着眼于个人出名，着眼于经济效益，那可以批评，应该批评。但李斌权不花国家一分钱，在海内外宣传中国的书法艺术，掀起一轮又一轮的中国书法热，这是多好的事啊。

中国的传统书法可以修身养性，可以陶冶情操，可以提高自身艺术素养，但基本上属于独乐乐，但李斌权把它搬上舞台后，变成了众乐乐。

从常规来看，书法是视觉艺术。它的一撇一捺，它的一点一横，它的线条，它的布局，它的气韵，它的内涵，或笔走龙蛇，或内敛典雅，进入的是人们的视觉；而音乐是听觉艺术，它的音符、它的声响、它的节奏、它的旋律，或气势磅礴，或舒婉轻灵，冲击的是人们的听觉。李斌权的书法音乐，正好把两者结合起来，是一种互补，是一种完善，你中有我，我中有你，相互衬托，相得益彰，相当于企业的强强联手，优势互补。

我个人认为，李斌权的贡献至少有三点：

一、开创了一门新艺术——书法音乐。

我们一直在强调创新、原创的重要性，但实际情况是整个艺术界、文化界模仿、跟风现象日益严重，这没有什么好讳言的。在这种大背景下，李斌权冲破传统观念，冲破压力，开创了书法这样一门新艺术，无论怎么说，都是值得肯定、鼓励、褒扬、宣传的。以长远的眼光看，书法音乐这种独特的艺术形式会在中国，乃至世界艺术史上留下印记。

二、宣传了一门新艺术。把书法搬上了舞台，让艺术走出书斋，走出象牙塔，走向大众，走向民间，走向世界，走向了更广阔的天地。

三、把中国的书法借助音乐会的形式，在一个新的层面上推向世界，让不懂书法的外国人也了解了中国书法、接受了中国书法，甚至喜欢上了中国书法。

音乐，属世界性语言，不同的肤色、不同的民族、不同的国籍，都能聆听，都能领悟，而书法，纯粹是中国的国粹，他的受众面，相对有所局限，而李斌权的创新，等于给书法装上音乐的翅膀，借此飞得更远更快，飞向全世界。

李斌权将书法文化之长与音乐形式之长巧妙组合嫁接，这种全新的艺术形态获得了越来越多的观众的认可、欣赏，也得到了书法界与音乐界行家，以及媒体的高度关注，好评连连。据了解，李斌权已与多位艺术界名家、大腕联袂演出，大获成功，还频频受邀去海外演出，不但让书法与音乐联手，还让中西方文化对话。从某种意义上说，李斌权已成了中国书法的海外代言人，成了中国文化的义务形象大使，功不可没。

2012年5月1日

始于翰墨，归于清修

——李叔安其人其书法

大年初五，应老朋友常州刘明新教授的邀请，去苏州拜访吴门书法家李叔安，偷得浮生半日闲，且喝茶，谈艺，放松放松。

车子停在了东吴饭店，穿过细雨迷蒙中的花径，来到一间临水的小屋，一泓清水，数株老树，岸石参差，木舟自横。观“荷塘小筑”之匾额，出自名家手笔。小屋书香茶香翰墨香，一看便知是个文人雅聚的好地方，令人想起“出入皆鸿儒，往来无白丁”的诗句。

小筑的主人是做明清文房家具的张先生，据他介绍：当年这是汪精卫老婆陈璧君的别墅，难怪园景雅致。

青橄榄茶泡上了，话头也就稠了，无非聊聊书法、篆刻、国画、古典家具，等等。

今天的主角是李叔安，他赠送了自己出版不久的四本书法集子，我饶有兴趣地翻阅了起来，分别是上海人民美术出版社2011年12月出版的《李叔安书法集》；天津人民美术出版社2012年12月出版的《大家书画》，属“当代美术名家经典系列”2012年推荐的艺术家，有欧阳中石、侯一民、刘文西、言恭达、李宝林、李叔安等六位；中国文史出版社2012年12月出版的《巨匠风采·六大家》，系欧阳中石、刘文西、冯远、钟明善、戴振宇、李叔安等六位书画家；另一本《艺术楷模》，系《神州》杂志的增刊本，收录、介绍了欧阳中石、权希军、沈鹏、苏士澍、李叔安五位书画家的作品。如果因与名家大家一起出了书出了集，就沾沾自喜，陶醉在大腕巨匠的光环里，很可能毁誉参半，招致口舌，为名所困，为名所累；如果一见被封以名家大家，就肃然起敬，顶礼膜拜， 多少也流于世俗，流于浅薄。名大于实，还是实大于名，永远是书画界一个敏感的话题。

我不置可否，静静地听着李叔安谈他的从艺经历与艺术见解。

李叔安与书法结缘，与其父亲不无关系，从小受到书法熏陶的他，从柳公权的《玄秘塔碑》入手，再练习隶书《张迁碑》和王羲之的《圣教序》，先后听过吴门书画名家程质清、郘西濠、朱大霖等人的书法讲座，名家沙曼翁、瓦翁也有客串指点。因个人审美关系，日后偏爱《石门颂》《石门铭》一路，一练就是三十多年，浸淫于汉隶、魏碑之间，为李叔安的书法打下了敦厚、古拙、雄浑、老辣的书风基础。

李叔安到知天命年纪后，机缘巧合，问道修道，开始与佛门结缘，皈依三宝，成了俗家弟子，坚持素食朴衣，打坐诵经，这一坚持就是十年有余，渐渐地，也就把名利看淡了，得失看淡了，最直接的结果是心境改善了，心情放松了，身心健康了。

李叔安特请广东惠州的青年篆刻家薛道制了一方闲章“禅墨一味”。恬淡中追求一种韵味，清修中获得一种宁静。

自从近佛参禅后，书法成了他的最爱，日课颇勤。李叔安又喜欢上了篆书与草书。篆书的简约，篆书的纯净，篆书的古朴，篆书的力度，那种金石气，那种拙朴感，引李叔安走向返璞归真。他多方收集甲骨文、金文、秦篆、刻石、诏版、汉砖、汉瓦等文字资料，学而习之，习而化之。

他的草书自然、洒脱、飘逸、率真，内敛，有书卷气。

总体来说，李叔安的书法作品高古而溢出典雅，拙朴而尽显静穆，有一种大朴不雕的阳刚之美，有一种超逸疏宕的天趣之象。简言之，文气、静气、清气、古气。

如今的李叔安，是平静的、疏淡的、从容的、低调的，红尘的诱惑，物质的享受，越来越淡，渐行渐远。当繁华落尽，凸显本真，清修就是一种回归、一种境界。在这种心境下，打坐之余，书法成了他生命中不可或缺的一部分，成了他的精神寄托，每天的援笔书写，是他与这个世界的交流之一，是他对这个世界的倾诉，他用心在写着，写他的感情，写他的爱好，他乐在其中，乐此不疲。

我很欣赏李叔安“有境界自成高格”的信念，赞同他书法是作品，不应该是产品的说法。最令我欣慰的是李叔安多年来坚持不卖字不走市场，保持一种纯艺术的高格，以免自己被市场被世俗牵着鼻子走。

过了花甲年纪的李叔安精气神十足，他准备在这人生的黄金十年，以归零法练字、创作。出版《李叔安篆书卷》《李叔安隶魏书卷》《李叔安行草书卷》，最后出版《李叔安书法全集》，常言道有志者事竟成，更何况李叔安有这种豁达、淡定的心态。相信他必能修成艺术的正果，修成人生的正果。至于是不是大家、是不是巨匠、是不是经典、是不是神品，都是他人的评价，都是虚名，都是一家之言，对李叔安来说都无关紧要。李叔安近日自作一联句：“名闻利养身后事，善学日益眼前为。”他以为句虽不工，却明心迹。他喜欢书法，他愿为书法付出，这种付出是开心的，这就足够了。

2013年2月15日

民间紫砂雕塑艺术家于世根

紫砂茶壶自北宋出现，已有近千年的历史，但紫砂雕塑大约在明清之际方露萌芽，至于其异军突起，年头并不悠久。著名的紫砂艺术大师徐秀堂也是从20世纪70年代初期开始转向紫砂雕塑的。然而，紫砂雕塑因其材质的独特，与木雕、砖雕、竹雕、石雕、玉雕、象牙雕等有明显的差异，以及其艺术空间的阔大，故给予了艺术家充分的想象余地与创造力的发挥，也就深受艺术市场的追捧与藏家的青睐。

在百花齐放，良莠难辨的紫砂雕塑界，有一位民间紫砂雕塑艺术家正在脱颖而出，他就是江苏宜兴世雅苑陶艺制作中心主任兼艺术总监于世根。

于世根出身于陶艺世家，不知是遗传的原因，还是自小耳濡目染的关系，于世根对书画，对陶艺有一种异乎常人的热爱与灵性，显示出了一种难得的创作天赋。

所谓“名师出高徒”，2002年，于世根深造于北京的清华大学美术学院。师从著名的雕塑家李像群教授与许正龙博士，开始了系统的、正规的、专业的学习与熏陶。经名师的教授与点拨，于世根潜在的艺术基因焕发出了无限的兴趣与无穷的动力，他真正迷恋起了紫砂造型艺术的千变万化，他一头扎了进去，钻研钻研再钻研。于世根是个聪明人，他懂得在紫砂雕塑理论上博采众长，借鉴前辈，但他更知道在设计与制作上要汲取传统，挑战前人，他师古而不泥古，走进去，又跳出来，在十多年的实践中，不断探索，不断历练，失败、成功，成功、失败，不断积累，不断进步，慢慢练就了一手独特的雕塑造型、装饰技术的技法，并开始形成自己的风格。

艺术贵在独特，贵在创新，最忌人云亦云，跟风模仿。于世根努力舒展自己在历史人物造型方面的才华，他创作的人物神形兼备，极具灵气。如关公的“健”，观音的“静”，达摩的“威”，济公的“趣”，不一而足，让人越看越爱，爱不释手。

由于于世根的紫砂雕塑既有审美价值，又有使用价值，加之造型逼真，制作精良，因而他的作品已越出了宜兴，越出了国门，在海外市场有一定的认可度与知名度，不少收藏家与艺术爱好者慕名而来，有意识地收藏他的作品。一句话，于世根的紫砂雕塑行情看涨。

然而，正日臻成熟的于世根从20世纪90年代中期，又开始了创作题材的多种尝试与艺术拓展。

1995年，他与“新金陵画派”的代表人物国画大师宋文治合作创作了紫砂画缸，宋老的国画，他的制陶技艺，珠联璧合，相得益彰，饱受好评。

只是，于世根并不满足于此，他也不想借大师的光环来照亮自己。此后，他转向了佛像的研究与制作。这可是一个全新的创作领域，但他知难而上，在翻阅佛经、浏览佛像、参观庙宇道观、考察泥胎木塑的基础上，前后花了整整五年时间为江苏太仓市南广禅寺的万佛殿设计、制作了一万尊释迦牟尼紫砂小佛像，不但创下了佛像数量之最，最难得的是那些佛像形、神、气、态四者俱佳，被认为系佛教界的上乘之品，受到了佛教界与紫砂艺术界的双重褒扬。

此后，于世根与佛教结下了不解之缘，多年来已为各地多家寺庙设计、创作了一座又一座佛像作品，均供养在名寺大殿中，那些佛像或法相庄严，器宇轩昂，慈眉善目，慈悲为怀，善男信女无不啧啧称赞，顶礼膜拜，这让于世根备感欣慰。

于世根知道，挑战自我，超越自我，才是真正的拓展，真正的质变。他又尝试创作大型紫砂壁画，他选择了九龙壁。经悉心准备，精心制作，2003年时，大型紫砂壁画九龙壁诞生了，凡到过宜兴东方星辰大酒店的，都为灵动的九龙造型，阔大的壁画气势所折服。

于世根让紫砂雕塑从制壶走向人物创作，走向寺庙，走向壁画，走向更广阔的艺术天地，他的每一次探索、付出、努力，每一步成功，都得到了行家的肯定与媒体的关注，苏州市电视台、青岛市电视台，以及专业与非专业的报刊，都前往采访，予以报道。或誉之为“紫砂雕塑新秀”，或褒扬为“极有创作潜力的民间紫砂雕塑艺术家”。

作为一位造型艺术家，不惑之年的于世根属年富力强的黄金时期，创作的巅峰时期还未到来，相信正日益领悟紫砂雕塑艺术真谛的于世根会再次让同行、让专家刮目相看的。

2009年2月8日

辑二／交往交流

与柯灵先生的一面之缘

当我从报纸上读到文坛巨匠柯灵先生在上海仙逝的噩耗时，心情十分沉重。

柯灵老师的道德文章，有目共睹，谁不信服。他的文字功底，他的睿思哲思，他的处世待人，真正是我们爬格子一族的泰山北斗，令多少后学高山仰止。

我对柯老心仪已久，只是一直无缘当面请教。我对柯老尊重，还有一个略带私心的原因就是他对微型小说这种文体的肯定与支持。

微型小说是20世纪80年代崛起的一种新文体，因官方提倡的是长篇小说，因而那些功成名就的大腕作家、评论家一般不愿过高地评价微型小说，大概怕辱没了他们高贵的身份。印象中，北方片，冰心老人曾呼吁过撰写短文，并身体力行地写过微型小说，还有孙犁、冯骥才等都不薄微型小说；南方片中，柯灵、高晓声极具慧眼，是为数不多对微型小说不带偏见的大家。

记得1993年时中国微型小说学会举办世界华文微型小说大奖赛，柯老就应邀出任大赛组委会主任，并出席了后来颁奖大会与新闻发布会。

颁奖会与新闻发布会是1994年9月28日在上海衡山宾馆举行的，当时柯灵先生已是85岁的老人，满头飞雪却精神矍铄。那天到会的嘉宾还有夏征农、陈沂、孙颙、李伦新、叶辛、赵长天、白桦、江曾培等，海外来的有新加坡黄孟文博士及夫人陈淑华、荷兰华人女作家林湄等。

颁奖会结束，我与黄孟文等同道在会客室交流着，没想到柯灵老先生也来了，并且就坐在我隔壁的沙发上，黄孟文夫妇向柯老赠送了他们的集子。借此机会，我也赶紧掏了笔签了名，赠送了《再年轻一次》《秘密》两本微型小说集子给柯老，请柯老批评指正。柯老接了书后，亲切地说道："好好，你们都是获奖者。微型小说是个年轻的文体，大有可为，靠你们了。"

我心里热乎乎的，因为我知道柯老说的不是场面上的敷衍话、应景话，更不是随便说说的。在此前，我就读到过柯灵老师有一篇《小说行中最少年》的文章。在这篇文章中，柯老说"在大树参天的文学老林里，微型小说是后起之秀，现代小说行中最少年"，并认为"微型小说是应运而生，挟其篇幅短小，顷刻间可读的优点，如果能充分发挥其独有的魅力，赢得读众心许，那么不但可以在小说族中牢固地独树一帜，也可以给这骚动不安的时代起一点澄清空气的精神环保作用，其意义自不容忽视"。评价之高，期许之切，令人感动。在文章结束，柯老还呼吁："我期望有成就的作家都来尝试一下，用大手笔写小小说，期望报纸杂志慷慨提供园地殷勤扶持。期望有眼力的出版家，有计划地组织印行一批纸张、印刷、装帧都很精美可爱的微型小说袖珍本。"

以柯老的身份、知名度，他的文章自然不同于我们人微言轻的呼吁，因此，确确实实产生了不小的影响，柯老对微型小说的推进与繁荣功不可没。

柯老魂归道山，不但是中国文坛的一个重大损失 ，也是我们微型小说界的一个重大损失，不过可告慰柯老的是，您的期盼没有落空，微型小说正在一步步走向繁荣，如今的微型小说不但在文坛中有了立足之地，并且已开始走向世界，它的受众面之广，与二十年前已不可同日而语。

柯老，您对微型小说的关心、支持，微型小说史自会记上一笔。

柯老，我们永远怀念您。

读诗忆苏老

——记苏渊雷教授

最近我乔迁新居，比之别人家豪华型装潢，我戏称自己的新居为古典书香型的，其实无非是挂几幅书画而已。

在选择书画时，我喜出望外地找到了苏渊雷教授十多年前赠送给我的一幅书法作品。苏渊雷教授是去年仙逝的，终年89岁。我记忆中，这位谦谦君子般而又童心未泯的耄耋老人，生前是上海华东师范大学历史系的教授，还是上海佛教协会的副会长，其他等头衔，我记不真切了。苏老对史学、佛学都有很深的研究，留下了不少著作。

苏老还是书法家、诗人，是个多才多艺的人，他的书法清秀脱俗，别具一格。

我翻出的这幅书法作品是苏老的一首诗，题目是《癸亥三月初游昆山得句》。印象中是1983年的事，那时我还在上海第二教育学院中文系读书。好像是四月下旬的光景，当时，太仓举办“娄东之春”活动，由我姐夫王诗森教授出面邀请了部分上海的书画家、篆刻家到太仓传经送宝，活跃文化生活，提升审美品位。

好在太仓与上海是近邻，一个多小时车程就到，20世纪80年代初，书画家也好请，要好的朋友招呼一声，也不问报酬就爽爽快快去了，大家权当郊游，权当踏青。

记得我向学校里请了假，是一辆家用车子去接的，当时有篆刻家高式雄、《书法》杂志社的周志高、方传鑫，书画出版社的吴建贤、陈梅璋等十来位书法名家。苏老是其中最年长者，当时76岁。苏老个子不高，却是鹤发童颜，给人精神好、风度好的印象。据介绍，苏老当过章士钊的秘书，苏老的文章和字的水平也就可想而知了。

苏老有个特点，一喝酒兴致就高，趁酒兴吟诗挥毫最来劲，颇有太白遗韵。

记得那天下榻太仓第一招待所，当晚太仓书画家邢少兰、马士达等一群书画爱好者同到会议室表演书画，切磋交流。苏老德高望重。自然由他先开笔。当时苏老情绪甚好，即席吟诗一首，我当场记了下来。因无题目，我自说自话以《娄东吟》冠之。内容是"好是春风墨妙亭，娄东文物郁精灵。四王画派三家集，多少人才聚客星"。

第二天安排去昆山吃奥灶面，看琼花。因此6：50就开车了，不料半路上我们的车子被另一辆车碰擦了一下，耽误了两个小时，到奥灶馆时，面馆已停止营业，但他们听说是上海一拨著名书画家特地来品尝奥灶面的，就重新开炉烧水下面，热情非常。

那时人的嘴还未吃刁，上海书画家一个个都说好吃。苏老更是赞不绝口。后来还吟了一首诗赞美呢。诗句是"上街初试奥灶面，木渎再尝鲃肺汤。总是土风乡味好，不妨食谱写新章"。

吃罢奥灶面，我们径直去了昆山亭林公园，先是欣赏了昆山三宝中的昆石与并蒂莲，最后去看了名传遐迩的琼花。琼花又称聚八仙，据说移植于扬州。相传当年隋炀帝下江南看琼花，看的就是这花。

苏老与高老等兴致都甚高，说不虚此行。还特意在琼花前拍了照，说留个纪念。

琼花一般五月初花开满树，四月下旬刚刚开始绽放，不过苏老已很满意。他伫立琼花前，当场吟诵道："昆山片玉碧玲珑，刘墓顾祠指望中。最忆羽琌山馆客，后先辉映仰高风。""玉蕊琼花天下奇，风情历史惹人思。移根南国春如海，看到花开一半时。"我听后，随手就记了下来。

游罢昆山回太仓后，移至太仓科委大厅当众献艺，上海书法家一一挥毫，或作画，或书法。因陪了他们两天，与苏老等也算熟了，苏老主动要为我写一条屏。我想了想，摸出记录下的苏老的两首诗，叫他以此为内容写一幅。苏老见自己随口吟就的诗为我所记，很意外，也很开心，夸我是有心人。他援笔铺纸，一气呵成，最后落笔"癸亥三月初游昆山得句，录请鼎年同志粲正渊雷"，写罢，除了盖上一方篆印之外，还另盖了一方猴子图案的肖像印，或许老人属猴吧。

苏老的这幅书法作品写得洒脱飘逸，书卷气十足，使我爱不释手。后来，我专门请昆山的裱画师裱了，因原来住房条件不怎么样，我不舍得挂出，珍藏了起来，不想一晃十四年过去，苏老也已作古，睹物思人，不胜唏嘘。

我估计苏老当年在太仓、昆山吟就的这几首诗，他自己大概并未留底，今记之录之，也算是对苏老的一份悼念、一份慰藉。

1997年2月9日（初三）

曼翁老先生新春太仓行

蛇年新春，雨雪交加。至初五，方见冬日探出云层，然朔风呼呼，寒意袭人。

年届86的书坛大师级人物沙曼翁老先生不顾家人劝阻，执意要到太仓南园一游，会会一帮书画后学。

沙曼翁原名爱新觉罗·曼翁，其书法造诣独步江左，系真正意义上的书坛巨擘。如今曼翁老先生的书笔已达到炉火纯真，随心所欲的境界，坊间早寸楮片纸，不啻拱璧。

10点光景，车子停在了南园门楼前。身材瘦小，却神清气爽的曼翁老先生头戴鸭舌帽，身穿红红羽绒衣，脚蹬白色旅游鞋，从车上轻轻松松地走了下来，俨然是来踏青远足的。

曼翁老先生不用搀不用扶，行走自如，让人难以相信他已是耄耋老人。一进园门，他最先注意到的是照壁上文徵明所书的“素芬自远”四字，曼翁老先生认为此四字结体古拙，是文徵明难得书写的一路。

欣赏罢字，他又注意到了依墙而长，花蕾满枝的一棵红梅。曼翁老先生素喜梅花之高洁品性，素喜梅花之凌寒精神，在梅树下驻足清赏，虽无踏雪寻梅之雅趣，也有寒风探梅之快意。银发寿星，蓓蕾欲绽，两相辉映，添彩名园。于是快门“咔嚓”一声，把红衣老人赏红梅定格为一帧艺术。

曼翁老先生对太仓有这样一个古典式的园林大为赞赏，兴致勃勃地在园中转了起来，他对南园的明代建筑风格、明式家具、古树名花欢喜非常，连连夸奖说：“这是懂艺术的人搞的！”对南园倾注了极大心血的殷继山虚心地向曼翁老先生讨教，请其提提意见。曼翁老先生认为古树名木最难得，文化品位、文化内涵最重要。

殷继山知道曼翁老先生对兰花也是情有独钟，特地引老人去“栽花小憩”小坐，品过茶后，把老人请到了不对外的兰苑欣赏了南园培植的上百盆名贵兰花。当曼翁老先生见隆冬腊月也有寒兰绽蕾吐蕊，散溢芬芳，来了兴致，他细细观察着兰叶之风姿、兰花之造型。

冬凝大地发春华，一盆盆剑叶青青的春兰已在苞孕育，透露出无限春的信息。曼翁老先生见殷继山培植的兰花，长势如此之好，由衷赞叹：这是真本领。心情颇佳的曼翁老先生在南园的嘉宾留言簿上留下了“曼翁，辛巳年新春”等字样。那充满书卷气的签名，足见老人的书法功力。

久违的阳光淡淡的，漫步在南园的小径式长廊，风带寒意，我们怕曼翁老先生受凉，劝其风口少站，老人笑笑说：“我不怕冷，我能克服。”闻此豪言，让年轻人自叹不如。

游罢南园，一行人驱车前往书画爱好者吴骏家。吴骏家是典型的文化人之家，地处闹中取静的东门后街，楼傍小径，院临河道。曼翁老先生对那有树有花，有池有石的古朴小院欢喜不已，他饶有兴味地欣赏了院中的名贵黄天竹与越冬牡丹，以及数十缸荷花，可惜时令不对，只有残荷枯叶啸傲西风。

吴骏的书房中“吟荷轩”斋匾就有十来块，书画更是挂满客厅、书房、满室书香味满室金石气。沙曼翁一一品评，或曰“有书卷气”，或曰“有趣味”，或曰“有功底”，或曰“霸气太重”，或直言“不会写字”，曼翁老先生还指着其中一幅书法作品说“这是武打片”，意为火气重了，风雅幽默，而又快人悟语，不为尊者讳，不说违心话，这就是曼翁老先生的脾性，到哪都如此，对谁都如此。不过曼翁老先生对太仓吴尘、李志炜、沈炯、郁文明等几位后学的书法与篆刻倒是颇看重，认为有汉碑汉印的根底，只要广采博取，勤脑勤笔，假以时日，必能脱颖而出。对年轻人的关爱之意，拳拳之心，令人感佩。

饭后，喝着工夫茶，聊着书艺画艺，不觉白驹过隙之快。曼翁老先生在翻看了嘉宾签名本上宋文治、徐子鹤、瓦翁、马士达等一长串书画名家的签名后，感叹地说吴骏是个有心人。随即他遵嘱在签名本上签上了“曼翁，年86”，使这本嘉宾签名本增色不少。

下午两点三十分，一行人又移师殷继山府上。这又是个书香氛围，翰墨气息之家。曼翁老先生对满墙满壁的名家书画。与一叠叠的古版琴谱等颔首称好。正巧殷继山前几日刚觅到一部清代太仓人赵久贞藏汉印谱，他请曼翁老先生法眼辩伪。曼翁老先生的金石学养也少有人可与之比肩，这本印谱共有340多方印章，以官印为主，也有少量私印。曼翁老先生一打开，即被吸引住了，他一页一页细看了起来，边看边说：“好东西，好东西啊！”本来殷继山还有几件书画作品想请曼翁老先生过过目，但老人手不释卷，对汉印谱看得入了迷，开心地说：“美不胜收！”因曼翁老先生还要赶回苏州，只好恋恋不舍放下汉印谱，又郑重其事地翻开了一本清代种兰大师吴恩元著的手抄兰花谱，此书一花一图，每图配文，可谓图文并茂，曼翁老先生看了那以线条见长的双钩兰花插图花，大加赞赏，认为这本手抄本图好、字好、文亦好。临走时，他对殷继山说："这汉印谱与兰花谱都很有出版价值。"他对殷继山能寻觅到这些少有人重视的文化典籍很觉欣慰，他夸殷继山做了好事，收集这些古籍古书花点儿钱值得。

临别前，有才女之称的王海榕把即席口占的一诗《为曼翁老寿》抄录后赠予了老人。笔者匆匆扫了一眼，依稀记得诗云："沧桑八秩南山意，欲遣麻姑暗记年。回首蓬莱清且浅，举头日月健还迁。龙蛇意自笔底动，梦花才从魂魄牵。庚府朝文老更丽，两年还期寿朱颜。"

曼翁老先生的儿子沙培其在太仓师范任教，父子同为书法家，均有弟子在太仓，故曼翁老先生对太仓的感情自然不一样。我们与曼翁老先生相约，荷花盛开时，再来太仓赏荷，曼翁老先生欣然应之。

2001年2月28日初六

在朱屺瞻艺术馆遇钱君匋

五月，正是初夏飞花的日子，我应邀去朱屺瞻艺术馆参加宋文治艺术馆藏品展与邢少兰画展。我是从太仓专程去的，是最早到的几个人之一，在会客室没坐几分钟，竟欣喜地见到了一个熟悉的老人走了进来——这不是中国当代篆刻大师钱君匋老先生吗？！

据我所知，钱老已92岁高龄了，却神清气朗，面色红润，其实他完全可以到开幕式前几分钟才来，由此可见钱老的为人。

我曾去过浙江桐乡的君匋艺术院，看过钱老捐赠的不少历代名家之书画印章，以及钱老本人的书画、篆刻等精品力作，这使我对钱老的人品艺德深为钦佩，我很想与钱老聊聊，又怕过于冒昧。后来邢少兰与钱老谈了起来，还一起拍了照，不巧有人来叫少兰出去，少兰就叫我去陪钱老聊聊，少兰向钱老介绍说：“这位是作家。”钱老说：“作家的笔比我们画家厉害。”钱老的幽默、诙趣，一下子拉近了我们之间的距离。

我告诉钱老，说我去过君匋艺术院，钱老谦虚地说："那是国家给我的荣誉。"

我与钱老闲聊时，友人抓紧机会拍了几张照片，留下了珍贵的纪念。

那天钱老给我留下印象最深的是在开幕式上，因为钱老是装着心脏起搏器的，有人担心他的身体，特地去搬了把椅子来，钱老执意不肯坐。他认为他在朱老的面前还小呢，属后辈，坚持让把椅子撤了，他在整个仪式上，自始至终是站着的，这种尊重前辈、尊重前贤，不服老的精神令人感动。

钱老与茅盾、丰子恺为同乡，都是浙江桐乡人，钱老是个多才多艺的人，早年搞过书籍装帧，曾为鲁迅、郭沫若、茅盾、巴金、冰心、叶圣陶等一大批文化名流的集子设计过封面。有"钱封面"之美誉。

钱老还出版过歌曲集《摘花》《金梦》《夜曲》《深巷中》《恋歌三十七曲》，散文集《素描》《战地行脚》《书衣集》，旧体诗集《冰壶韵墨》和美术专著《西洋艺术史话》。

当然 钱老最出名的是书画与他的篆刻艺术，特别是他的篆刻艺术，堪称篆刻第一人。他的巨印巨章，笔走龙蛇，气势磅礴，鲜有人可与之匹敌，他的边款长跋也是一绝，不但文采斐然，布局得体，且刀功老辣，气锁石骨，有神摄方寸的感觉。

据说钱老已刻过一万多方印章，这可看作是他勤奋、刻苦的最好注脚。

钱老出版过的印谱、印选、印论有一二十种之多，让人惊叹不已。

钱老与朱屺瞻老先生的交情非同一般，他一人就为朱屺瞻老先生刻过200多枚印章。钱老能来参加这次画展，也是对朱老106岁华诞最好的纪念，同时，也是对朱老高足邢少兰最好的提携。

钱老不但是我国书画艺术界的老前辈老寿星，更是德艺双馨的老艺术家。

1998年9月6日

与冯苓植有缘

今夏，上海一带遭遇了百年未遇的酷暑，热得人昏头昏脑，只想以空调熬苦夏。正这时，内蒙古包头市文联、作协、《鹿鸣》杂志联合举办了首届包头市文学创作讲习班，来函邀请我去讲讲课，顺便游一游大草原。这既能使我逃避江南湿热，又能有机会到向往已久的大草原逛逛，我二话没说就答应了。

包头市文联主席伊德尔夫把我安排在了青山宾馆。我下榻于6号楼208房间，没想到与我同宿的是大名鼎鼎的内蒙古作家冯苓植。

虽说与冯苓植是第一次见面，但读过他不少作品，像《虬龙爪》《驼峰上的爱》等都曾给我留下过深刻的印象，可说是心仪已久。

内蒙古在全国叫得响的作家诗人也不少，但我最偏爱读冯苓植的作品，因为他的作品文字美，有底蕴，不是那种肤浅的歌吟，不是那种随心所欲的编故事，更不是廉价的捧场。他的作品厚实，一章章沉甸甸的，作品来自他的生活体验，来自他的生活感受，而这种感受绝非是走马观花式、蜻蜓点水式的所谓体验生活所能感受到的。我不是很了解冯苓植，但我读过他的作品，能读出他的沉重，读出他的苦涩，读出他的思索，读出他的信念。我猜测他必有过一段令他刻骨铭心的生活经历，这是一种把身家性命都捆在一起，沉到社会最底层的生活，是真正意义上的体验生活。

通过作品读作家，虽然不一定百分之百正准，但往往能八九不离十。因此，与素未谋面的冯苓植第一次见面，并无丝毫的陌生感，也并不因为年龄的差距而有所距离。我们谈得很投缘，像老朋友似的。

说起来，与冯苓植见面也是一种缘分。因为按文学讲习班原来的安排，请的是外地的一位作家来讲课，由于身体原因，这位作家未能如期来到。主办者只能临时救急，劳驾大作家冯苓植速去救场。冯苓植是内蒙古作协的副主席，又要创作，又要接待，无疑是个大忙人，但他听说是为培养文学新人讲课，没有一丝犹豫，也顾不得老伴生病，自己乘火车从呼和浩特赶到了包头，他讲的课大受欢迎，笑声不断，掌声不断，这是意料之中的事，不去多说。

冯苓植是从事中长篇小说创作的，我是以写小小说为主的，能有共同话题吗？能轻易沟通吗？谁知这种担心全是多余的，冯苓植不但没有轻视小小说，还在不久前尝试着写了几篇小小说呢，并且已发在了《人民文学》上。

人与人的交往有时是要讲点儿缘分的，由于一位作家未能去包头讲课，我得以认识了冯苓植，又因为小小说的话题，使我得到了当今世界最负盛名的小小说大师星新一的照片。原来冯苓植去日本访问时，在星新一家作过客，并留下了珍贵的照片，冯苓植知道我在努力收集世界各国有关小小说的资料，主动表示要把我与星新一的合影寄赠与我，并答应把星新一的地址抄给我，以便“中日两国”小小说作家的直接交流。

我从内蒙古回家后不久，冯苓植就把我与星新一的合影寄来了，使我有机会从照片上一睹星新一大师的风采，照片上的星新一满头飞雪，书卷气十足。据说我国有多位小小说作家曾试图与星新一取得联系，但终因语言的问题，地址的问题，未能如愿以偿。而我，大有“踏破铁鞋无觅处，得来全不费功夫”的味道，这大概就是缘分吧，遗憾的是冯苓植在寄信前几天接待中国作协一位研究日本文学的评论家时得到消息，星新一已经过世了。但我仍很感谢冯苓植，因为还未见到过国内有媒体报道过星新一的噩耗，这是要记入我多年来坚持记录的小小说大事记中的。

冯苓植今年59岁，对一个成熟的作家来说，这年龄不算黄金时期，至少也可算亚黄金时期吧。但冯苓植很推心置腹地告诉我，他准备从内蒙古作协副主席的位置上退下来了，决不恋栈，让给年轻人去干。

冯苓植当年的中长篇小说如《狐说》《天狼》《草原、悲欢、离合》等一般都以他熟悉的戈壁荒漠、茫茫草原为背景，通过发生在边陲上的一系列悲欢离合的故事，着力去探索人与自然、人与动物、动物与大自然之间微妙而有趣的哲理关系，成为写草原、写动物的一等一的高手。冯苓植说退休后，准备写些舒放自如的随笔类稿子，特别是在家庭伦理道德、人性亲情等等方面他有许多感受要诉之笔端呢。

我与许多读者一样，期待着他的佳作不断。

1998年9月6日

《萌芽》主编曹阳其人

记得之前曾觅到过几本《萌芽》丛书，看得我废寝忘食，从此它在我的头脑中留下了极深的印象，成了《萌芽》最忠实的读者之一。爱屋及乌吧，我对《萌芽》的编辑曹阳怀有深深的敬意，最近有机会同《萌芽》主编曹阳一同应邀去新疆讲课，相处二十余天，临别之际，我冒出了写一写曹阳的念头。

不知为什么，我总把曹阳念成“朝阳”，也许我潜意识里认为，“朝阳”与《萌芽》是最相吻合的；也许冥冥之中早就注定了曹阳与《萌芽》之间的不解之缘吧。

《萌芽》是一本久负盛名的青年文学刊物，在当今文坛旗号树立，口号、主义各领风骚三五日的情况下，《萌芽》却不矫情、不媚俗，主编曹阳坦率而坚定地阐明自己的办刊宗旨：《萌芽》的特色是萌芽！——简洁而明了，掷地而有声，《萌芽》多年来的实绩，证明了这一点，不是吗？光近年，《萌芽》就先后培养、推出了彭见明、杨显惠、曹明华、蒋丽萍、王璞、唐宁、徐芳、陈益、朱大建、牛伯成等一大批在文坛崭露头角，成名成家的后起之秀——古人曰 ：“世有伯乐，然后有千里马。”可是曹阳却说：“巴金先生说过‘生活培养作家，我不过是服务员’。”

《萌芽》，从名字到内容，都给人一种朝气勃发的感受；曹阳者朝阳也，听其名观其人都给人以青春活力四射的感觉，其实曹阳已是花甲之年的人了。只是他仍然保持着诗人的热情、作家的童心而已。更难得的是他的思维不老，他的观念不老，他始终与青年人息息相通。他了解理解青年人的种种心态和想法，在《萌芽》这片纯文学的天地里，他容纳青年人的探索之作，在孙甘露、朱跃华等先辈作家尚未名声大振之前，他就热情地伸出扶植之手，而不像有些刊物，眼光仅仅盯在那些大红大紫的作家身上。

曹阳于1985年接替老主编哈华出任主编，一晃在《萌芽》已十多个年头了，十多年来，他到底审读了多少作品，签发了多少作品，他已记不清了，他快成了个“阅稿机器”，但乐此不疲，他甘愿为他人作嫁衣裳，他甚至不承认自己是作家，尽管他是正儿八经的中国作家协会会员，他只承认自己是个编辑。他没有发财欲、升官欲、表现欲，有的只是发现欲，他的眼睛只盯着文坛上的那些萌芽、那些新苗、那些日后有可能长成大树，可能硕果累累的最基层的文学青年，在整个社会浮躁日甚，铜臭熏人的大气候下，他却心态平和地把自己定格在编辑的岗位上。

近几年，经济这只看不见的手，使得文学集子，特别是文学青年的处女集的出版难上加难，不少出版社对这类集子都表现出心有余而力不足，只能抱歉地说声“爱莫能助”，而曹阳主持下的《萌芽》杂志多年来坚持评《萌芽》奖，并出资出力为获奖者编辑出版《萌芽》丛书。几年来，已在《萌芽》丛书新一辑、第二辑中为杨显惠、蒋丽萍、牛伯成、朱大建等15位文学新人出版了个人专集，这套高品位的丛书出版后，受到读者的普遍好评，在当今文学刊物都面临着生存危机的情况下，《萌芽》此举委实难能可贵，主编曹阳的魅力由此可见一斑。

多年来，曹阳为主编好《萌芽》做了大量园丁式的工作。因此，他少写了不少作品，在有些人眼里，这多少有些遗憾，但他无怨无悔，他可以宽慰的是，有不少作家、不少读者都会记住他的劳绩，都会记住《萌芽》这一片青春常驻的绿洲。

1994年9月17日

与刘郎聊天

提起刘郎的名字，喜欢唐诗的会自然而然联想起刘禹锡“玄都观里桃千树，尽是刘郎去后栽”，与“种桃道士归何处，前度刘郎今又来”的诗句。

刘郎，名人矣。只是此刘郎非彼刘郎。眼前的刘郎，乃《苏园六纪》的撰稿者、编导者，一个大名鼎鼎的影视人，全国新闻百佳获得者，属国家级的高级编辑、专家。目前为浙江电视台创研室主任。

在我国的影视界，提起刘郎大名，几乎是天下谁人不识君。但刘郎之名为苏州地区的普通百姓所知道，缘于他拍摄的《苏园六纪》。《苏园六纪》以其典雅隽永的文字，美不胜收的画面，丰富厚实的底蕴，震慑了苏州的文坛，被有识之士称之为“刘郎现象”。

由于笔者对古典园林的偏爱，我曾花一个晚上的时间，认认真真把《苏园六纪》欣赏了一遍，在连连叫好的同时，也发现了几处瑕不掩瑜的小毛病，很想有机会与刘郎探讨探讨。

也是有缘，这次苏州有关方面请刘郎再度出山，到苏州拍《苏州寻水》电视片，“前度刘郎今又来”的刘郎，这次寻水寻到了太仓，于是得以与心仪已久的刘郎相见。

刘郎高高的个子，魁梧的身材，完全是一副西北硬汉的形象，与唐诗中那诗人形象的刘郎有极大的反差。

刘郎曾在青海摔打过青春，养成了豪爽的性格，是个能大碗喝酒，拼命工作的人物，又是个喜欢自由自在，快人快语的人物。用北京话说，刘郎是个善侃的主。

与刘郎聊天是种享受。

与刘郎聊天时间如白驹过隙。

或许在有些人眼里，影视人无非是些扛着机子天南海北到处跑，剧作家写啥拍啥的人。如果谁以这种眼光去看待刘郎的话，那就大错特错了。刘郎是个饱读诗书的人，说刘郎一肚皮学问，绝无半点儿溢美，难怪陆文夫也曾与之戏言说：“你可以不必读书了”。正因为刘郎爱读书，善读书，活学活用，学以致用，所以他几乎拍一部成功一部，圈内圈外，叫好声一片。

在与刘郎的闲聊中得知，他拍的《苏园六纪》能得到行家与领导、普通观众的一致叫好，绝非是偶然，绝非是靠运道得来的，或者是远来和尚好念经的缘故。据说在开拍前，他做了大量的案头工作，几乎把能找到的有关苏州园林的著作都找来读了一遍，有的甚至还不止读了一遍。像杨鸿勋的《江南园林论》，童隽的《江南园林志》，魏嘉瓒的《苏州历代园林录》，郭俊纶的《清代园林图录》，彭一刚的《中国古典园林分析》，宗维城的《中国园林建筑图集》等等专业著作无不细读细研，甚至像陈从周、周瘦鹃涉及江南园林的散文、小品也一一拜读，汲取灵感。就像师法自然的画家，胸中有了活山水，也就不愁宣纸上风起云涌，山水争辉了。刘郎在大量阅读的基础上，又融进了自己对苏州园林独到的理解，这样拍出来的苏州园林自然是活的园林，苏州园林的灵气，苏州园林的神韵，苏州园林的底蕴，无不以一个整体艺术品的形式展现在观众面前。

《苏园六纪》我是一口气看完的，可能是太喜欢的缘故，更希望能精益求精，因此我当着刘郎的面直言不讳地提出了我的一家之言。其小小的缺憾有三：

一、六集中多次出现重复的画面；

二、个别被采访对象谈话时间似嫌长了些，略显沉闷；

三、第六集与前五集的风格不够统一，且题目《风叩门环》不太好理解。

刘郎虽是位鲜花铺地，荣誉满身的国家级专家，却并不傲气十足，听不进赞美以外的话，他很坦率地说，这些问题他也意识到了。这次来拍《苏州寻水》，就是想借此弥补《苏园六纪》中的缺憾。

水是苏州的魂，水是吴文化的魂，刘郎认为吴文化也即水文化，能统领江苏文化的唯有吴文化，因此拍好《苏州寻水》，实则就是拍出吴文化的精髓。刘郎认为苏州的水文化不仅仅局限在姑苏城内外，广义地看太仓及周边县市也同属吴文化范畴，因此刘郎寻水寻到了太仓。也许我们好些太仓人还没有意识到，以水文化来观照太仓的话，太仓实在是很有优势的。

一座县城内，有盐铁塘、致和塘两大水系十字交叉东西、南北贯穿整个城市，这在全国其他城市是罕见的，即便是在江南水乡也是不多见的，更何况开凿于汉代的盐铁塘有近2200年历史，开凿于宋代的致和塘有940多年历史。还有南园的水面、南园的荷花都给刘郎留下了极深的印象。

刘郎动情地回忆说：当年在青海的日子，面对漫漫长夜，茫茫戈壁，他常常读一个叫吴梅村诗人的诗，并抄之录之，就这样，刘郎多年前就知道了太仓，牢记了太仓，心中有了个情结，就是有朝一日要去看看太仓，看看大诗人吴梅村当年生活过的地方。

刘郎说这次来太仓乃一偿夙愿，他原本很担心自己心目中很神圣的太仓，一来后反被破坏了那种美好的印象，但使他欣慰的是这次来太仓可说是不虚此行。徜徉在南园中，刘郎说感觉好极了，没有那种假古董的恶俗感，基本上保持了原汁原味的明清建筑风格，他特别欣赏南园开阔的水面，他认为这比之苏州园林局促的水面更有味道，刘郎表示拍《苏州寻水》一定会到太仓来寻点儿镜头，他还希望太仓电视台拍一部太仓南园的片子，他愿意帮忙指导，并向中央电视台推荐呢。刘郎说，同道们对他有个评价，把他定位于“豪放的忧伤”，粗犷是其外形，豪放是其气质充满阳刚之气，充满着一种百折不挠的力度，给人一种西北硬汉的感觉；忧伤是其内心，他的忧患意识来自于他对传统文化爱得太深，他担心现代经济冲击、蚕食传统文化，他有一种使命感，那就是借助于手中的笔，手中的摄像机镜头，来唤起人们对传统文化的关注，让中华文化的精髓深入到每一个人心中，就像拍《苏园六纪》一样，用电视语言，电视手段，把苏州园林的美传播到了天南海北，为苏州园林留下了一份真实的历史档案，这是功德无量的事呵。

也许，有些烙着古老印记的东西，其必然的命运是退出历史舞台，那就为此唱一曲挽歌吧，立此存照，聊尽心意，面对无可奈何花落去，刘郎能不忧伤吗，硬汉也有细腻的情感，这就是立体的多侧面的刘郎。

刘郎一仰脖子喝干了那高度的白酒后，他的豪气越发溢出。他不无自傲地说：“朋友们说我是世界上最幸福的人！”

是因为刘郎获得了一个又一个奖？是因为刘郎成了媒体追逐的对象？是因为刘郎的名字成了影视界的金字招牌？——其实，都不是。刘郎看重的不是这些，朋友们羡慕他的也不尽是这些。刘郎的幸福感来自于他能做自己想做的事。譬如，他对中国的瓷器有兴趣，景德镇就请他去拍瓷器专题。譬如他对江南园林有兴趣，苏州就请他拍《苏园六纪》。一个影视人拍的都是自己喜欢的、从心底里想拍的题材，而不是遵命文学，这是何等让同行眼红的事呵。

在与刘郎的聊天中，我掂出了他的分量，一个影视人，对书画、园林、收藏、佛学等等无所不精，不能不令人竖起大拇指，从心底生出敬佩来。

刘郎还是个不肯人云亦云的人，譬如他偏爱白蕉的书法、白蕉的花鸟画，不吝啬自己的赞美语。而他在褒贬某些书画家时也毫不掩饰自己的观点。他因为自己的书画见解与太仓书画爱好者殷继山的观点一致，竟引为知己，感慨相见恨晚。

与刘郎聊天，兴之所至，话题所致，海阔天空，没边没际，也许，有些日后就淡忘了，但他无意间说的一句话，我却怎么也忘不掉，他说：“我走南闯北，人可以漂泊，但我的灵魂不能漂泊。”——那么刘郎的心灵的归宿又在哪儿呢，他的灵魂将泊在哪儿呢？以我的理解，牵住他心，吸引他灵魂的一定是博大精深的中华文化，只有浸淫在中华文化的氛围中，他的心灵才会宁静，才会充实，才会滋润。他的才华才会凸现，才会升华，才会淋漓尽致地发挥。

刘郎来太仓犹如惊鸿一瞥，匆匆又匆匆，但他真情地说太仓留给他的印象与想象中的一样恬静、诱人，富有人情味，饱含文化品位。刘郎还会来太仓，将带着笔，带着摄像机来，来描摹太仓，拍摄太仓，我们期待着刘郎用他的生花妙笔把太仓的美写出来，拍出来。我也期待着能有机会再与刘郎聊天，哪怕秉烛长谈，不眠不休。

2001年6月2日

悼著名工人作家胡万春

在初夏的蒙蒙细雨中，我听到一个不愿听到的消息——著名工人作家胡万春因心脏病突发于1998年5月9日凌晨在沪逝世。

我的心为之一颤一沉，印象中胡万春还不到七十岁，对作家来说，仍是可以不断出作品的年纪，印象中胡万春的身体壮得像头牛，竟说去就去了。

说起来我与胡万春认识已是二十多年前的事了，大约是在1974吧，那时我还在微山湖畔的大屯煤矿摔打人生，记得那时我接到大屯煤矿工程指挥部文体办公室负责矿区的文艺创作工作，大屯煤矿属上海的后方基地，因此常有上海新闻界、文艺界、出版界的各式人物来矿区，我参与了一次又一次的接待，接待胡万春是其中的一次。

那次来了好几位作家呢，有工人作家毛炳甫、部队作家唐俊等。印象最深的就是胡万春，一则我由学生时代就听说过他的大名，知道他是从一个普通的工人成长起来的优秀作家，是工人的骄傲；二则他那魁梧高大的身躯，见到他自然会想起，“咳，咱们工人有力量”的歌词。

胡万春的自传体小说《骨肉》，1957年时即在世界青年联欢节举办的国际文艺竞赛中被评为世界优秀作品。1974年时，我虽未正式向报刊投寄文学作品，但已在写诗写小说偷偷做作家梦了，胡万春自然成了我的楷模，当时我只是个二十出头的年轻人，属文学发烧友，共同的话题使我们一见如故，谈得很投机，犹如忘年交。他告诉我从事文学创作不能急于求成，要注重积累，要坚持三年五年、十年八年的思想准备，那时我觉得十年八年似乎太夸张太遥远了，多少有些不以为然，但如今回想起来，这实在是一位名作家的肺腑之言。

胡万春在大屯体验生活，住了好长一段时间，我陪他下矿井，到采煤厂体验生活，到钻井队去观察大钻机打井，我还陪他们去职工家采访；陪他们去微山湖欣赏静悄悄的黄昏：陪他们去逛集市，体验赶集的滋味……

我天天在煤矿，却身在宝山不识宝，胡万春住了一两个月，却发现大屯煤矿处处有素材，这大概就是作家的素质吧，胡万春另一大本事是，他嘴里说的故事似乎与写出的小说相差无几。胡万春天生就是个写小说的料。

胡万春回上海后，每天以六七千字的进度写作着，不久，一部反映煤矿工人战天斗地的中篇小说《战地春秋》发表了，这在大屯煤矿引起了很大的反响。

1982年我考入上海第二教学学院中文系后，特地去香花桥路胡万春家拜访了他，可能是当时来外调时，我仗义执言说了些公正话吧，胡万春对我有几分感激，把我当成了好朋友对待。

胡万春家留给我的印象最深的是他的大书橱，那一套套的精装书真让人眼馋，还有就是他与周总理等老一辈领导人的大幅合影。

我在读大学时，胡万春正在《解放日报》连载他创作的长篇小说《娃女》，因为与胡万春有这层关系，《娃女》我每期都看，我们宿舍里的同学还横挑鼻子竖挑眼地评论着，猜测着《娃女》的情节发展，评析着作品的得失，我把这些意见与想法一一收集起来带给了他，没想到胡万春大感兴趣，很是重视，并要我多多征求周围同学的意见，随时把各种反映信息告诉他。至此，我才知道，胡万春的《娃女》是边写边连载的，所以读者的意见对他来说太重要了，这样，我就多次去他的家。《娃女》也成了我们每次谈话的中心话题。

大学毕业后，我离开了上海，就很少再见面，因为大家彼此都忙，只偶尔通通信，但有关胡万春的消息我一直很关注——胡万春开书店了，胡万春的公司开到了越南……似乎都是好消息，唯一遗憾的是他写的作品少了。后来我读到他撰写的关于在越南做生意的纪实文学作品，很为他高兴了一阵。我不止一次对文友说："在我国工人作家中，胡万春是佼佼者。学徒出身的他，先后出版了20多本书，这在我国当代工人史上也是应该记上一笔的。"

安息吧，胡万春，读者会记住你的名字与你的作品。

1998年5月6日

敬业的著名青年表演艺术家李玉刚

2011年是中国与奥地利建交40周年的日子，为了庆祝并纪念这个日子，由奥地利维也纳市政府邀请并得到中国文化部批准的“中国书法音乐会”，在维也纳霍夫堡皇宫隆重上演，这次演出获得了轰动性的成功。

作为这次演出活动的领衔主演，中国歌剧舞剧院演员李玉刚带来了他的保留节目京剧名段《贵妃醉酒》，以及歌曲《枉凝眉》《化蝶》。在演艺界，李玉刚亦是一个风格独特的演员。舞台上，他游刃有余地穿梭在男人和女人之间，把中国民歌、舞蹈、戏曲等多种艺术形式融为一体。扮相、唱功俱佳的他每次出场可用“惊艳”两字形容，飘然如仙女下凡，男声、女声自如转换，引发台下阵阵轰动。李玉刚说：“京剧、书法都是中国传统文化的精髓，我希望这种独特的融合方式能让更多的人领略到中国传统文化的丰富内涵和魅力。”

李玉刚的表演精湛绝伦，引来了观众的阵阵掌声。在维也纳霍夫堡皇宫的流光溢彩中，绝代风华的李玉刚将东西方古典艺术有机融合成一体，令很多对中国文化不是很了解的欧洲人真正领略到了中华文化的博大精深。而最后当他以男装再次出现在观众眼前时，鲜花和赞美声更是如潮水般涌向了他。在李玉刚演出间隙，更有一名欧洲粉丝单膝跪地为李玉刚献花！这将全场气氛推向高潮。

一般的观众只看到李玉刚在舞台上近乎完美的表演，我有幸看到了不在正式表演场合中的李玉刚。按理说，在这次到维也纳霍夫堡皇宫演出的演艺人员中，李玉刚虽不算是知名度最高的，至少也算是位名角，无论如何都可算大牌吧。但我看到在众多的演艺人员中，唯有李玉刚在演出前一遍一遍地走台、彩排，那样的专注，那样的认真，那样的律己，应该讲，他是在对观众负责，也是在对自己负责，他对自己的要求很严格，其敬业精神令人感动。

因为要给几位演员写报道，总策划人赵智安排我做若干采访，我趁演出空隙，挤时间采访了几位演员。凭良心说，李玉刚是最配合的，回答了我的多个问题，有啥说啥，没有半点儿架子。

李玉刚不是科班出身，也没有后台，没有过硬的关系，属于草根出身，全凭自己的努力，凭自己的真本事，一步步走进艺术殿堂，赢得行家与观众的赞誉与掌声的。故而即便当荣誉与鲜花向他招手时，他仍不断告诫自己：戒骄戒躁，再接再厉，不断拼搏，不断进步。他，十分珍惜今天来之不易的一切，他要做得更好，他正朝着他既定的目标，扎扎实实地走着，一步一个脚印地走着。

2011年6月

辑三／文朋诗友

睿智而有远见的文化策划高手赵智

冰峰是赵智的笔名，有的读者只知道冰峰，有的朋友只知道赵智，知道冰峰就是赵智，赵智就是冰峰的往往是与他走得比较近，交往比较多的同事、同道，到底知道冰峰的多，还是知道赵智的多，我也说不清楚。

赵智是我的朋友，是我的哥们，自1996年我去内蒙古包头文联讲课认识他到现在，已有18个年头了，对他的了解也越来越多，越来越深，我越来越觉得赵智是个人才，一个难得的儒商型人才。因为他首先是文化人、是诗人、是作家、是编辑，也是多家文化公司的董事长、总经理，是一个文化创作与经商结合得较为完美的典型。

20世纪90年代，赵智还在内蒙古包头时，就创作、经商两不误，诗歌照写，钱照赚，在包头文化界、商界都颇有名气，算是包头的一个人物。

2001年赵智有机会来到北京，进入《人民文学》杂志社，之后，他如鱼得水，很快融入北京的主流社会，在这个新的大舞台上，逐渐展露出自己真正的才华，做得风生水起。

在我与赵智的交往中，我感到他有几个特点：

有点子，有想法，有极强的策划能力；

做实事，不尚空谈。做事投入，亲力亲为；

长袖善舞，慷慨好客，有广泛的人脉关系；

对下属，对朋友赤诚相待，讲义气；

大处着眼，不计小失。

曾经有人问过我对赵智的看法，我脱口而出，是一个可以做大事的人——这并非朋友间的溢美之词，有例可举，有事可证。

譬如，2008年北京奥运会期间，赵智抓住这中华民族百年期盼变成现实的大好时刻，趁世界的目光聚焦在中国的时刻，他与书法界的朋友果断地策划了“中国千名书法家精品走进奥运场馆”的志愿活动，这活动得到了中宣部、北京奥组委、中国文联、各奥运场馆、中国书法家领导的高度重视和全国各省书法家的大力响应，全国著名书法家沈鹏、欧阳中石、李铎、刘艺、张海等书法大家均无偿提供巨幅佳作，全国三十多个省市书协纷纷组织书法家创作，共征集到千名书法家的千件书法精品。2008年7月6日，“中国千名书法家精品走进奥运场馆”志愿活动捐赠仪式在鸟巢西南广场隆重举行，这一活动成了中国书法史上乃至中国文化史上浓墨重彩的一笔。

我的这些文字仅仅几百个字而已，但对于赵智与他书法界的朋友们来说，这中间有多少个难眠的日日夜夜，有多少甜酸苦辣啊。赵智是个诗人，不是书法家，但他跨行业的活动照样也做得得心应手，不得不服。

应该讲与书法界的合作，并不是赵智进军文化界的全部，他的兴趣还扩展到了摄影界，2011年3月，由赵智总策划的“中国国际摄影双年展”新闻发布会在北京举行。这个活动是与中国摄影界的一次文企联姻，首届双年展主题是“百姓·百年”，以影像形式，从百姓生产生活、衣食住行、婚丧嫁娶、喜怒哀乐等日常生活的视角，挖掘、整理中华民族的集体记忆，反映中国社会100多年来的巨大进步和沧桑变化，弘扬中华文化和民族精神，可以说意义重大而深远。

作为这次双年展的总策划赵智强调，这次活动，必须做到：一是高端化，要体现活动的学术性、艺术性和文献性；二是国际化，要捕捉、体现、表达人类共同的情感、共同的生命体验诉求；三是在常规化的基础上有不同主题的变化。常规化，就是在资金有保障的前提下，我们这些组织者、举办者，能不能够坚持不懈、持之以恒地坚持付出，坚持保有热情，不断推动活动向更高的层面发展。同时，我们的策划人员，要不断生发出新的点子，让我们的展览、活动方式新颖、有变化，有吸引力，有社会意义，有史料、史学价值。同时，每一届要有一个新的主题，突出时代的特征、社会生活的特征、政治变革的特征。通过征集、策展的方式，让我们挖掘、收集到大批有价值的摄影作品，并且推广展示给人们，把生活的记忆、审美的感悟留给这个世界。

据了解，双年展定于2011年11月8日在北京中华世纪坛开展，以后每两年一届办下去。我不是摄影家，但我有很多摄影界的朋友，他们对双年展都寄予了很高的期望，认为策划、操办者做了一件必将载入中国摄影史的大事、好事。赵智的名字，在书法界、在摄影界被越来越多的“家”们了解、赞颂。赵智的本领再一次显现。

2010年，赵智策划了“全国高校文学作品大赛”，而且与资助单位包商银行签了十年合同，换句话说，这活动将持续十年。这是一次文学作品走进大学校园的活动，一次全国性的大活动，北京大学、清华大学、中国人民大学、北京师范大学、中国传媒大学、复旦大学、同济大学、南京大学、厦门大学、天津大学、南京师范大学、山东大学、安徽大学、中央民族大学、华侨大学、苏州大学、兰州大学、中国农业大学、深圳大学、北京第二外国语学院等多所高校的26000多位大学生参赛，覆盖之广，规模之大，实属空前，最后经过贾平凹、阿来、肖复兴、韩作荣、李敬泽、冯秋子、商震、林莽等文学界重量级评委的评选，有117位大学生的小说、散文、诗歌获奖。也许，有些人还没有真正认识到这次活动的分量与意义，但当这活动一年年办下去，办成品牌时，当那些获奖作者中的佼佼者走向文坛，在文坛中脱颖而出时，当一年年的获奖作品汇编成书，累积成沉甸甸的文化积淀时，活动的意思就凸现了，其主题的诠释“十年文化战略工程，打造高校文学巨史”也就一目了然。平心而论，这是一个极有战略眼光的策划，是一个发现新人、培养新人的文化举措，是推动中国文学事业发展的一个文化战略工程，也是一项功德无量的善行。

据我知道，为了把高校文学作品大赛做实做好，赵智废寝忘食地扑在工作上面，寻找出资单位，聘请评委，拟订大赛启事，发表大赛文讯，联络媒体，征集作品，寻求出版合作，初评、终评、颁奖，一环紧扣一环，可以说天天忙得恨不得自己有三头六臂；在赵智的运作下，漓江出版社同意将征文的获奖作品结集为《中国高校文学作品排行榜》，列入“年度选刊”品牌系列出版，使得活动的成果得以展示，与出版社双赢。

2010年3月，“包商银行杯”全国高校文学作品大赛颁奖活动在北京隆重举行，看到嘉宾满座，记者云集，看着一个个80后90后获奖大学生走上领奖台，真的是让人百感交集，再一次感慨于赵智组织策划活动的能力，感佩他的远见，与做大事的魄力。

有些活动可能轰动一时，赚得一时的眼球，但随着时间的推移就烟消云散，但赵智策划的这次活动，其价值会在时间的过程中越来越厚重，赵智主编的《中国高校文学作品排行榜》，每年四本，十年后，就是厚厚的一大摞，完全有可能成为一套有文学价值和史学价值的高品位图书，从中走出几位著名作家，乃至文学大师都不是没有可能的，投资、投身做这样有意义有价值的事，难道不是智者的选择与做法吗？

2011年5月，赵智又成功地策划了“中国书法音乐会”在世界音乐之都奥地利维也纳霍夫堡皇宫演出，要知道这次音乐会是由奥地利维也纳市政府邀请，并得到中国国家文化部批准，是庆祝中奥建交40周年“中国年”活动的重要项目。这次演出活动由奥中文化交流协会、中国书法家协会艺术发展中心、中央数字电视书画频道、奥中友协、中国歌剧舞剧院、中国文联音像出版公司、作家网等单位主办，北京神州书媒国际广告有限公司承办。而他，是整个活动的总策划、总导演、实际的操办者，工作量之大、之烦，可以想象。那晚，容纳1000人的皇宫音乐厅座无虚席，而且高鼻子蓝眼睛的西方观众占了绝大多数。演出当天，新华社、人民网、光明网、经济网、香港凤凰卫视、香港《华人》月刊等多家媒体进行了采访。演出期间，无人中途离场，掌声经久不息，演出结束后，观众还久久不肯离去，其成功可见一斑。直到这时，赵智才舒了一口气，欣慰漫上心头。他认为音乐是被世界各国各民族广泛接受的艺术形式，中国书法是中国文化的代表性符号，已被收入《人类非物质文化遗产代表作名录》，这次，书法借助音乐容易被西方观众接受的特点，将中国书法推向世界，是一次大胆的尝试。这次演出的成功，证明了这一方式是切实可行的。这场音乐会以叙述中国书法历史、书法文化与中国传统音乐文化为主，同时，也增加了舞蹈、服饰文化展示等内容，所选的曲目都是中国各个历史时期的代表作品。可以说，这场书法音乐会是中国文字、中国书法文化、中国音乐形成的一个完整的叙述和表达，具有国际意义和世界高度。

赵智的策划再一次成功，并且从国内走向国际，显示出了他在文化传播领域的实力与潜力，也预示着他自身门路的拓展与事业发展的广阔前景。

2014年

人生知己沈祖梁

清道光年间的何瓦琴有一联语为“人生得一知己者足矣，斯世当以同怀视之”，当年鲁迅曾书赠给挚友瞿秋白，遂为我辈所知，再难忘怀。

我之知己者大梁也。

往事悠悠，回想起来，我与大梁相识于因铁道游击队而出名的微山湖畔，20世纪70年代初，我到了苏鲁豫皖交界的煤矿。初到微山湖畔的我，最强烈的印象来自于无数的烟柳与无数的坟包，寂寞、孤独，是可想而知的。幸好这时我认识了大梁——一个与我一样爱书的文学青年。大梁，人如其名，高大、魁梧，好学好思。我俩相见恨晚，很快成了心灵契合、爱好相投的朋友。

我把大梁视为我最好的朋友，大梁也把我视为他最好的兄弟。在煤矿的日子虽说清苦，但至少我们的友情很纯很真。后来，他被推荐到上海工业大学读工农兵大学了。

临走前，我去车站送他。说了多少惜别之语已记不得了，只记得最后握手、挥手，他挤上了已挤得满满当当的车厢，他人高马大，照理说是挤不上了，好在他身高力不亏，总算在沙丁鱼罐头般的汽车踏脚板上有了一席之地，但转身是做不到了，留给我的只能是一个高高大大的背影，几乎遮住了整扇车门。

去徐州的班车开了，我追过去、追过去，挥手、再挥手，他背对着我，看不到我的挥手，但我相信他感受到了我的惜别之情。

大梁，我的挚友，他那背影第一次定格在了我的脑海中。

大梁的才华很快在高校显露，他被留校当了助教，不久又负笈日本，去留学深造。我为有这样的朋友感到骄傲。

20世纪80年代初，出国是件大事，我去机场送行。我知道，他这一走，也许三年五载是见不到了，那时没有手机、没有电脑，打国际长途是一种很奢侈的消费，唯一可能的联系是写信，而一封非航空的国际信件，走上十天半月，乃至个把月是家常便饭。我知道，他也明白，从此我们要天涯各一方了，机场的送别变得伤感起来，沉重起来。进机场检票口时，我看到大梁已泪水盈在眼眶了，他终于忍住了，说了句："后会有期，多联系！"就转身而去。他再没有转过身来，我猜想他是怕眼泪掉下来，怕把伤感的离情别绪带给我。

我注视着他那高大的背影默默祝福着，我目送着他那熟悉的背影消失在我的视野里。大梁的背影再一次定格在我的脑海中，很深很深。

大梁真的很努力很拼命，他在日本拿到了博士学位，他的论文在国际上获了奖，还多次出席国际研讨会，凭他的才华，他本可以在日本有一番作为，但他告诉我：他不喜欢日本，说在日本心情太压抑。不久，他受聘于新加坡国立大学，开始在科研领域如鱼得水。

作为朋友，作为知己，我真的为他高兴。

记得是1993年时，我出版第三本集子，是一本随笔集《采撷集》，在天津人民出版社出版的，我想到了请大梁为我作序。一则他对我熟悉、了解；二则他是曾经的作家，文笔不错；三则呢，他已担任亚洲模糊系统会议副主席，名列《亚太地区名人录》，是个名人了，由他写序，简直就是不二人选。

他接信后没有推辞，回信时只淡淡地带了一句：最近身体不好，近期回国，代序带回。

不久，我在上海他的家中见到了大梁，这时我才知道他患了淋巴癌，正在治疗中，这次回国就是寻找中医秘方和气功疗法的。

他带回的代序我拿在手里，觉得很沉很沉，他是在患病期间给我写的呀。

告别时，他坚持要送我到楼下，我怎么劝说也没用。他不无遗憾地对我说："我的日子不多了，也许三年，也许五年，但要做的事太多太多，我要抓紧；我俩见面的机会也不多了，各自珍重！"

他站在大门口向我挥手道别。我的泪水无声地涌出，我匆匆而去，怕他看见了触景伤情，我知道他是看着我远去的背影上楼的，哪想到我留给他的最后一瞥也是一个背影。

其实，那天我在对着马路那棵老梧桐树下一直看着他，看着他转过身去，慢慢地进去，他那依然高大却变得消瘦的背影再一次定格在我的脑海中。

大梁回到新加坡后，仅仅一年多，就因病情恶化，英年早逝，永远地去了，留给了我无限的伤痛。

大梁，我的朋友，我的知己，他留给我的最后的印记，除了那篇情真意切，文采斐然的代序，就是他那慢慢远去又渐渐拉近的背影定格，成了我永远的记忆、永远的回忆。

1993年

不求闻达求高格

——悼篆刻家、书法家马士达先生

马士达是我学生时代就认识的朋友，虽然他长我几岁，但时有交往，时有交流，我家里至今挂着他专门为我写的书法作品，我至今用的章还是他刻的呢。今天上午，刚到办公室，就接到吴骏电话，说马士达先生昨晚十点三十分大去，说起来是意料中的事，他与病魔搏斗已一年半了，两次开刀，数次反复，但真当噩耗传来，还是令我伤痛不已。马士达是我们太仓为数不多的走出太仓，在全国层面上有影响力的篆刻家、书法家，可以这样说，在我国篆刻界，提起马士达的名字，几乎是天下谁人不识君。马先生的离去，不仅仅是太仓的损失，也是我国篆刻界、书法界的重大损失。

一个上午，我与吴骏匆匆忙忙写好了马士达逝世的文稿，发给了有关新闻媒体，也算是表示我俩的悼意与敬意吧。照理，24号的追悼会，我是一定会去的，但不巧的是我已买好了去海南的机票，要参加海南省作家协会主办的“南方论坛”，与“中国小小说名家沙龙”成立大会，以及“符浩勇小小说作品研讨会”三个活动，我要发言。这一来，南京的追悼会我就去不成了，很是遗憾，只好写幅挽联，写篇悼文，以表达我对马先生驾鹤西去的悲痛。

当今印坛，异彩纷呈。北国古都、江左郸下，南国闽越之地，皆名家辈出，大有气逼古人，异军突起之势。其中江苏马士达的创作，以刀笔苍雄，自然流畅，风格古拙而又略带“霸悍”之气而著称，其成绩令人瞩目。每当笔者赞叹他的艺术创造，赞叹他对艺术的真诚，赞叹他为人为艺的诚笃风范时，总会感慨他的成就与外界对其宣传存在的差距。而他，总是恬淡地说：“我宁愿实大于名，这样心里踏实。搞艺术，只有让作品说话，才是正道。”

此言正透出了他的实诚与睿智。马士达其貌不扬，沉默寡言，却胸藏慧识，极富艺术天分，冥冥之中把心血都献给了艺术。

马士达谈艺，往往话语不多，却能纵论古今，要言不烦。启迪后学时常能化高深的艺术真谚为简洁朴素的表达——“艺术，以自然为极致”；“艺术家之要在于养我浩然之气”；“艺术的生命力在于创新。创新，就是要艺术家不断地自我否定”；“传统，不应该看成是静止的。我师古人，古人师谁？师古应重在师古人之心，此即‘心法’”。他说的字字句句都直指人心，开人茅塞。而这些都源于他对古典哲学的研读。据我知道，马士达于儒取“充实之为美”；于道取“返璞归真”；于释取“我心即佛”。由此，他对明清篆刻流派始终保持自己独到的看法：“明清印学的开创，挽救隋唐宋元颓萎千年之印风，其功莫大。然其理论成就高，而实际创作水平与之脱节，委实又令人不解。篆刻有源，源而生流，明清人流而为派，仅为派别而非派生，已属艺术保守，致使‘流派’沦为‘流弊’。”士达若非独具识见，见地过人，在当今印坛对明清流派趋之若鹜，近乎顶礼膜拜之际，何能出此诤言。

鉴于这样的高识，马士达又未尝一刻不思勇猛精进。他在长期的实践中也显出了自己的能耐。他的篆刻、书法曾几次参加全国书展，并在全国中青年书展中两次获奖。现在他的作品已传到日本、韩国等国家和中国台湾、香港等地区。他的篆刻作品收入《当代著名篆刻家作品精选》，书法作品收入日本出版的《中国当代墨迹大观》。

提到他的书法，或许由于其篆刻成就“先入为主”的缘故，也因为他从不自夸自扬的淡泊秉性，故而外界知之不多。其实，他的书法无论楷隶还是行草，都能自出机杼，不拘常格，见诸情性。了解他的书界同道都知道，他在书法上所下的功夫绝不亚于篆刻。他有着天生的韧劲，学书初从颜楷入手，继学米芾，再学汉魏六朝碑版，长期醉心于自然、质朴、纯真的艺术追求。若非如此，若无如此书法根基，他的篆刻又怎能表现出如此雄浑博大，恣情任性，曲尽线条变化之美，达到游刃有余的境地？与人不同的是，他于书于印从不妄求“风格”，而主张自我否定，故其篆刻、书法的面目不时在变，常能给人耳目一新之感。

“锐锋产乎钝石，明火炽乎暗木”。马士达是从江南古老的小城太仓走向印坛书界的。二十多年前，当他还是工人时，就情系艺事，心存大志。无须讳言，当时条件艰苦，经济拮据，他的境遇似乎并不利于他的艺术发展，但逆境反而磨砺了他的韧性与毅力。他自制刻刀，以砖代石，如痴如醉。一次他去苏州，见某工艺厂废墟中有可供练刀的石料，便贪婪地拾了一旅行包，一路上，肩扛手提，累得腰酸背痛，还误了回太仓的末班车。类似的例子还可举出好多。

“有志者事竟成！”1983年，《书法》杂志举办首届全国篆刻征稿评比，马士达的一枚“落叶归根”印章，以其布局疏密有致，刀法古健挺峻，被誉为匠心独运而夺取了第一名一等奖。他的篆刻得到了印坛宿将叶路渊、高式熊等名家的赞赏。试想，在高手林立，名家云集的全国性大赛中，他，一个默默无闻的业余作者，一举摘走桂冠，荣登榜首，这该是多么值得自豪的事，但对于获奖，他不出三天便由激动转入反思，丝毫不认为自己已是了不起的“艺术家”，反而显得更平静、更沉默、更深沉了。1987年，尉天池先生慧眼识才，把马士达调入南京师范大学美术系，执教书法篆刻。新的学术环境更使他励精图治，在实践上理论上都倍加努力。他的艺术天地更加扩大了。他的篆刻也长足进步，登堂入室。他的作品远取秦汉宫印、封泥之精髓，近融吴昌硕、齐白石等名家之琼英，出秦入汉，心摹手追，日渐形似而神似，继而韵味翻新，风格独标。我收到过马士达签名赠送的学术专著《篆刻直解》，书中他凭着自己对古代印史、印论的认识和对篆刻艺术本质的理解，站在现代人的立场上直抒己见，发前人所未发。相信，他的识见将给艺术上的迷惘者带来启迪。

《马士达印谱》更是他一生浸淫于篆刻的结晶，于喜欢篆刻的爱好者来说，不可不看，研读之，揣摩之，学习之，必大有裨益，大有长进。

马士达今年小七十，说起来近古稀之年了，但对一个篆刻艺术家、书法艺术家来说，真是他达到艺术巅峰的黄金时期，走得太早了，只能叹息复叹息，天妒英才啊！但令人欣慰的是马士达桃李遍地，在太仓更是传承有序，后继有人。

且以挽联一副作结：

方寸材间，率情操椠，古拙天然，心铭金石，澄怀观道；

半张宣上，霸气挥毫，雄浑正大，香染素笺，继往开来。

2012年2月21日改

心香一瓣悼许行

大年初一，我给长春的许行许老家里打电话拜年，没想到他老伴一听我的名字就在电话那头哭了，说不出话了。我心一沉，一种不祥的预感漫上了我的心头。过了片刻，许老的儿子来接电话，他沉痛地告诉我，他父亲走了。

我忙问："哪一天？怎么走的？怎么我们一点消息都没有？"电话那头告诉我："许行是1月25日走的，心肌梗死引起脏器衰竭而魂归道山的。"也就是小年夜的前两天。许行的家属可能考虑到新年新岁的缘故，也就没把许行去世的讣告通知外地的文友，微型小说圈子里我可能是最早知道这噩耗的。

许行的驾鹤西去，让我沉痛！

不仅仅是我失去了一位可敬可亲的长者、一位谈得来的知己文友，更是微型小说界的一个重大损失啊。说许老是微型小说界的一杆标尺、是德艺双馨的典范，应该是不虚的。

许老在微型小说圈内有许多朋友，不少还是忘年交。他曾关心帮助过多位后学。像四川的周仁聪许老就评论过她的作品，给她集子写过序，扶植新人的拳拳之心，令人感佩。

我与许老属相熟相知的朋友，我们一起到过泰国、印尼等国家参加过第二届、第四届世界华文微型小说研讨会，在国内则在北京、在上海、在郑州等一起参加过多次活动。连他家属都能在电话里听出我的声音。

记忆中，隔一段时间或我打个电话给他，或他打个电话给我，无非是问候一声，聊几句各自的创作情况。再忙，春节寄一份贺年明信片，打个拜年电话总是不会忘的。

大年三十那天，我把各国各地文友、读者寄来的贺年卡片粗粗理了理，正奇怪怎么不见许行的，往年他总是早早寄来的，虽然我知道他小中风后身体一直欠佳，但我完全没往这方面想。印象中前几年我还写过一篇题为《微型小说的不老松——许行》的人物印象记。印象中他总是那么开朗，那么和蔼，那么谦逊，那么踏实。论年龄、论资历、论作品，许老都当之无愧数第一。他一贯以作品说话，他的微型小说作品质量，放在世界华文微型小说这大范围来论都是头挑的。他的《立正》不但收入国内数十种选本中，还一而再，再而三地被评论家评介，已成了微型小说中最有分量的名篇之一。

在写这篇悼文之前，我刚好校对了上海辞书出版社即将出版的《微型小说鉴赏辞典》中许行的两篇精品力作《立正》与《天职》，因为这两篇作品的赏析文章是我写的，遗憾的是许老再也看不到这本辞典的出版了。

然而，可以告慰许老的是：您人虽然走了，但您的作品留下来了。

您的作品还会被收入各种版本，影响一代人。从这个意义上说，许老，您将因了您的作品而永远活在读者的心里。

许行是微型小说界最早的中国作协会员，但他写微型小说是半路出家，大约在20世纪90年代初，他开始专注于微型小说的创作，丰富的人生阅历、人生经验，以及他深厚的文学修养，使他的作品在微型小说界一亮相，就赢得喝彩声一片。这之后，许老一发而不可收拾，佳作美文源源不断。他的勤奋，他的才思，让我们除了钦佩还是钦佩。据我知道，许老的微型小说作品收到各种选本的有上百篇，不说是个奇迹，至少是个令评论家、研究学者与读者共同感兴趣的现象。

许老还是个正厅级干部，但他生前对级别、对待遇，看得很轻，他把主要精力都放在了创作上，放在了繁荣微型小说上，因此，许老的名字也就和微型小说连在了一起。我相信，许老的名字将会因《立正》等一批脍炙人口的作品而一起进入历史，成为文化遗产。人生如此，还有何求？！

许老，您安息吧。

因藏成名的徐少奎

应邀去宝应讲课，结识了多位新朋友，留下印象最深的竟是徐少奎。

名片一交换，我见“徐少奎”三字，马上联想起了曾在哪篇文章中读到过“扬州第十怪”徐少奎的说法。他的得名是缘于收藏，依稀记得“火花大王”季之光被称为“扬州第九怪”，徐少奎名列十位，无论怎么说也是个人物吧。但这位蜚声收藏界的名人并没有因名而傲，倒活得像个谦谦君子。

徐少奎的名声主要在收藏界，收藏界是个藏龙卧虎的领域，没有点儿镇得住人的藏品，没有点儿识货识物的绝技绝活，是很难有人佩服你、推崇你、宣传你的。徐少奎不但收藏的专题多，有邮票，有火花，有剪纸，有毛泽东像章，有名人相片，有烟标，有酒标，有请柬、门券，有磁卡、贺年卡，有粮票、布票、站台票，而且量大物精，更难得的是他还是个善于写作的人，能落笔为文，写自己的藏品，写收藏的苦乐，甚至还能越出收藏范围，写散文、写小说、写影评、写科普文章、写当地文史，说他是个多面手实在不是溢美之词。

能人多劳，他除了在收藏界有一系列的头衔外，还有主治医师的职称，并担任宝应县政协文史委副主任之职。令我感动的是这位年近花甲的当地耆宿，在我逗留宝应的两天时间里，一直陪着我。那天我讲小小说创作，他不但自己来听课，还让其女儿也来听课。据我知道，徐少奎虽也写过几篇小小说，但他的主要兴趣毕竟是收藏，写小小说只能算是偶然为之的客串。按官场的礼数，来陪一下吃顿饭，也就算略尽地主之谊了。总之，徐少奎的真诚不是做出来的，他就是这样一个人，难怪他有如此好的人缘。

徐少奎是个有福相的人，富态而慈眉善目，看到他就让人自然而然地想起弥勒菩萨来。可能有人会认为相面属迷信，其实面相或多或少可以反映出一个人的内心与秉性。尽管“人不可貌相”是一说，但更多的是面如其人，因为一个人的外表装饰、打扮可以改变，可内在气质与溢出的风度等，是很难硬装或改变的，也不是三年五年就能修行到位的。徐少奎的那种文化人气质是他沉醉于收藏界四十载春秋的综合因素积淀而成的。

认识徐少奎是个缘。要说遗憾，那就是待在宝应的时间实在太短，未能去他府上登门拜访，亲眼见识一下徐先生的藏品，饱一饱眼福，开一开眼界，不过来日方长，只要友谊在，机会总会有的。

2001年9月8日

包头文联的当家人伊德尔夫

当长江洪水渐渐消退的一个秋日的下午，我欣喜地收到了包头市文联主席伊德尔夫寄赠的一幅书法条幅。我打开一看，行云流水般写着“长江万里游鳞小，奋力飞腾逐大波”一联诗句，是录自文坛宿耆姚雪垠老先生的诗作——好诗好字！我由衷地赞叹道。

我知道，伊德尔夫选择这样一联诗句书赠予我，是有深意的。他说要与我共勉，我则更看成是文友间的一种激励与祝福。

谢谢他的书法，更谢谢他的赠诗。

欣赏着伊德尔夫飘逸秀润的书法条幅，使我不由得想起了他自学成才的经历。应该说，伊德尔夫是个创造了奇迹的人。他是个东北蒙古族农民的儿子，上学前一直学的是蒙古语。上小学时，一边学汉语，一边读汉文课，他要和汉族同学在学习上齐头并进是何等的困难。可是，他创造了奇迹。他上到小学五年级时，学习成绩非常优异，他的作文常常在班里乃至全校夺魁，令师生们刮目相看。凭他的天赋和好学上进，他完全可以成为一名大学生。但由于阴差阳错，他只读到初中二年半便辍学了，没能迈进大学的校门。伊德尔夫虽然只有初中文化，但他有鸿鹄之志，从青年时代起，就发奋读书，刻苦自学，努力创作，不仅走进了文学殿堂，成了一名中国作家协会会员，且成了一名具有高级职称的有成就的作家。由于他在自学活动和文学创作上的成绩显著，不仅被评选为包头市和内蒙古自治区的自学成才先进个人，而且在1998年6月，由全国总工会、国家教育部、国家人事部、国家科技部、国家劳动和社会保障部组成的“全国职工自学成才奖评审委员会”授予于富(伊德尔夫)“全国职工自学成才者”荣誉称号，并颁发了一枚金光闪闪的奖章。他虽然没有得到大学文凭，可是他得到了全国总工会等五大部颁发的“大文凭”，这“大文凭”上盖有国家教育部的大印。他又创造了奇迹。我的这位自学成才、多才多艺的蒙古族老兄，不能不令我发自内心地敬佩。

知道伊德尔夫这名字已有好多年了，我是读他的小说作品而记住这个名字的，到包头之前，我便知道伊德尔夫是内蒙古著名的作家，是一位题材跳出大草原，笔法有别于传统草原作家的勇敢探索者。

这次到内蒙古，与伊德尔夫接触后，我对他算是有了较为感性的、立体的了解。他不但小说出色，书法漂亮，歌也唱得挺棒。更主要的是他正直、豪爽、义气。他只有二三两的酒量，他明白酒多伤身的道理，但每到迎来送往的酒席宴上，为了让客人尽兴，让朋友愉快，他常常是超量豪饮，真可谓是舍命陪君子。他组织领导能力强，办事干练、果断。是包头文联的好当家人。

有人说，了解一个作家，莫过于读他的作品，草原回来，我把伊德尔夫赠送的几本小说集《谁之过》《公开的内参》《伊德尔夫小说选》，散文集《瑞草集》等都拜读了一遍，可惜他的另外几本集子《一发跳弹》《他的前半生》与电视文学剧本《错错错》我没能读到。虽说不很全面，不过我对伊德尔夫已有了基本的了解。这位祖籍喀喇沁旗，出生于科尔沁右翼前旗的蒙古族人，他原名于富，伊德尔夫是他的笔名，在蒙古语中，伊德尔夫是“强者”的意思。了解了他的经历的人便知道，他的确是个强者。伊德尔夫成年后，离开了他的故乡，毅然参军去了部队这个大熔炉摔打人生。他在部队一干就是24年，多年的部队生活不但锤炼了他的思想，锻炼了他的体魄，还使他走上了文学之路。1987年转业到包头，伊德尔夫从一名团级军官变成了一名市文联的领导干部。从此，他的生活与包头、与文学结下了不解之缘。

伊德尔夫的创作得到了他鲁迅文学院时的辅导老师王愿坚的赞赏，得到了著名蒙古族作家玛拉沁夫、扎拉嘎胡等前辈的赏识，他们分别为他的集子写序和评论，推介他的作品，使伊德尔夫以黑骏马的姿态在内蒙古文坛声誉鹊起，其文学作品不仅多次荣获市级奖和自治区级奖，而且还摘取过国家级奖。特别值得一提的是，在有200万人口的包头市，被包头市委、市政府评选出的几百名专业技术拔尖人才中，文学作家只有两名，他便是其中的一个，这荣誉来之不易呀！伊德尔夫以他的创作实绩，以他的工作能力，加入了中国作协，当选为包头市文联主席。如今，伊德尔夫身兼数职，既是包头市文联、作协主席，又是《鹿鸣》杂志社社长、主编。作为包头市文联的当家人，他肩上的担子不轻。包头市虽说不是内蒙古的首府，但它毕竟是内蒙古第一大城市。包头的文艺能不能繁荣，大家都看着伊德尔夫呢。

伊德尔夫自1997年5月当选为包头市文联主席后，他和文联班子成员一道，抓了几件事。

文联就是要抓作品、出人才。为此，伊德尔夫走马上任不久，就亲自带队，组织了20位作者去兴安岭采风、办笔会，这次笔会出了10万多字的作品，有的作品还上了《人民文学》。

第一炮打响后，他又与文联班子成员分工合作，抓“五个一工程奖”作品创作。他在包头的作家中排队选定了10位最有创作潜力的作家，作为联系对象，亲自找他们谈心，鼓励他们积极创作，树立精品意识，争取折桂“五个一工程奖”，目前已初见成效，一批有分量的好作品正一个接一个地趋向成熟，丰收在后头呢。

多年来，伊德尔夫在抓重点的时候，对市、区内外的业余作者、文学青年总是有求必应，悉心辅导。由于他热心扶植文学新人，成绩显著，今年，在中国当代文学研究会、中国少数民族文学研究会联合举办的“第四届全国少数民族文学研究奖”评奖中，获得“园丁奖”。

要出作品出人才，文艺园地很重要，在经费比较困难的情况下，伊德尔夫坚持《鹿鸣》杂志的品位不能低，坚持双百方针，坚持二为方向不动摇，拳头加枕头之类虽能赚钱，但低级庸俗的作品坚决不发，使《鹿鸣》成为包头市乃至各地文学青年的一块良好阵地，深受各方面的好评。

常言道：“工欲善其事，必先利其器”，伊德尔夫上任后，与班子成员共同努力，通过跑财政，为文联及其《鹿鸣》编辑部争取到了三台电脑，使文联与《鹿鸣》杂志的办公条件、编辑条件一下子提高了一个档次，这在整个内蒙古自治区的盟市文联也是走在前列的。

在抓好本职工作的同时，伊德尔夫也不放松自己的创作，可以说是行政、编辑、创作三不误。他主编的40万字的反映包头市两个文明建设成就的报告文学《鹿城辉煌五年》，10月份将在远方出版社出版。他自己的又一本集子《覃思集》也将在年底出版。

9月，他带领包头作家采风团到内蒙古西部戈壁走马观花；10月，他将应邀去兰州出席全国少数民族文学研讨会议；11月，他还要带领一个文艺家访问团，到宁波回访。

伊德尔夫永远是马不停蹄的样子，就像草原上的一匹骏马，就像文坛上的一匹骏马。

1998年9月6日写

原载1998年11月27日《中国艺术报》

徐子鹤收关门弟子王根福

著名书画家徐子鹤先生早年曾留学日本，为我国书画大家钱瘦铁的入室弟子，曾任安徽省博物馆主管书画鉴定的研究员，并任安徽省书画院副院长。徐子鹤对画山水、人物、花鸟、走兽，无一不精，特别擅长用笔墨表现黄山变幻多姿的景色，有“徐黄山”之美誉。其作品不但在意大利等国家展出过，还曾赴美国、新加坡等国举办个人画展，博得海外媒体极高赞誉。

徐子鹤今年83岁高龄，但依然有一颗童心，不言老，不服老，依然画笔不辍，宝刀不老。最近徐老意外地发现了一位颇有绘画天分的青年王根福，徐老被王根福的拜师虔诚所感动，经郑重考虑，决定收王根福为关门弟子。

王根福何许人也，他何以会得到徐子鹤老先生的慧眼识才呢？

王根福今年36岁，与徐老乃同乡，也是江苏苏州人。王根福1981年毕业于我国沈阳唯一的一所黄金学院。毕业后他来到了江苏太仓铜材厂，由技术员干到副总工程师。8小时之外，王根福有两大爱好，一是爱养猫；二是爱武术、气功。因酷爱养猫，朋友们戏称他为“猫王”。因从小爱好武术，练得一副好身坯。20世纪80年代初，他拜我国武术名家、高级气功师曹孝辉为师，成为曹孝辉众徒弟中最得意的弟子。因他功夫了得，出任了太仓气功武术队的副队长，成了该队的主力队员。他先后到美国、日本等国家表演过硬气功节目，他还多次在国际气功研讨会与全国气功精英研讨会上被选为观摩节目表演者，并在上海“大世界”等地多次获过奖。他表演的“汽车过人”“双人开石”“钢龙盘颈”“口吞异物”等都使观众惊叹不已。

1991年时，王根福这位文武双全的工程技术管理人员，毅然下海，去了珠海。由于王根福有专业技术，有管理经验，懂得营销策略，又善于抓住市场，因此在商海的博击中终于成了弄潮儿。如今他在香港、深圳、珠海等地都有产业，成了事业有成的新一代企业家。王根福致富后，又把数百万资金投到了他的第二故乡太仓的佳德塑业有限公司与百威隆货运有限公司等企业，成了太仓市私营经济的中坚力量。

王根福尽管身入商海多年，却洁身自好，至今不抽烟、不喝酒，笃信佛缘。近年来，他愈来愈喜欢藏书读书，是太仓数一数二的藏书大户。随着年龄的增长，王根福的业余爱好从武术、气功渐渐转到了书画收藏、书画欣赏等方面。他收藏的海内外出版的各种画册画选，甚至比一般的图书馆还多呢。由欣赏而技痒，遂开始偷偷练笔，不期一握笔即上瘾。或许是看得多，学养厚实，或许是天生与书画冥冥之中有缘吧，他的灵气在绘画上很快显露了出来。他的《墨竹》竟有几分文与可笔意；他的《梅花》也清雅疏淡，颇有文人画气韵；他的山水长卷处女作一出手就得到徐子鹤老先生的赞赏，徐老欣然命笔，在其画上题跋。初试笔得到的收获，得到的好评，使他对书画艺术产生了极大的兴趣，也多少鼓起了他的信心。

身在商海的王根福，其书斋起名为痴志斋，自号痴志斋主，用他自己的话解释就是：痴者，志也；痴者，入迷也。为了表示自己拜师学艺的诚心，这位佛珠不离手的信佛之人，下决心把留了近十年的长发彻底剃去，以自己的光头来明志明心，励志励气，表示从此从商海回归到书斋生活，从此皈依艺术之门。

3月28日，王根福拜徐子鹤为师的拜师仪式在上海金门大酒店隆重举行，来自美国、加拿大、新加坡和中国香港与上海、珠海、苏州等地的书画名家刘旦宅、亚明、吴青霞、徐昌酩、高式熊、乔木、郁文华、张继馨、张森、邵洛羊、曹兴福、邢少兰以及杨堤、陆春龄、吴君玉、丘峰、赵静、张祖勤等各界名流二百五十多人参加了这次仪式。

拜师仪式上，王根福身着一红色中装上衣，在众目睽睽之下，当场削长发，剃光头。之后，王根福以中国传统的拜师方式，向徐子鹤老先生送了拜师金帖，行了叩拜大礼。徐子鹤属龙，王根福向恩师赠送了在香港定制的188克的金龙作为拜师之礼。徐子鹤则当场书写了“艺海无涯”四个大字相赠，并回赠了由著名篆刻家高式熊老先生与陈华康刻的四方印章。两方为王根福艺名章，两方闲章分别为“鹤翁门下”“鹤翁弟子”。王根福对这两方闲章特别珍爱，因为他自喻为“子鹤门下一痴猫”。

笔者曾问过王根福，何以要把拜师仪式搞得如此隆重？原来王根福一是出于对徐老的尊重，二是如此郑重其事也是借此广而告之，从而加大压力，从头开始，从零开始，逼得自己在学艺之路上只能向前不能后退，并当众立下誓言，如学无长进，艺事不成，则终生不蓄发。——王根福用心良苦也。

王根福削发拜师之举，在上海滩轰动一时，已成为当今画坛之美谈，故实录记之，留一痕迹。

2002年10月20日

走近马宝山

马宝山是蒙古族人，是生在大草原，长在大草原的土生土长的蒙古族人。在人们传统的印象里，蒙古族是游牧民族，是马背上的民族。像马宝山这样的蒙古族汉子似乎应该是骑着黑骏马的歌手，是那达慕大会上的摔跤高手……

其实，宝山如今已成了蒙古族人的秀才，蒙古族人的作家，骑马、摔跤、射箭已离他渐渐远了，取而代之的是一支笔，一支能描绘大草原过去、现在、将来的生花妙笔。

据我知道，在蒙古族人心目中，白云鄂博是极为神圣的地方，蒙古语译为“宝山”的意思，蒙古族人的敖包就设在白云鄂博最高峰上。我总觉得马宝山的名字应该与白云鄂博有什么联系，但事实上，少年时的马宝山在科尔沁草原流浪过，并无缘去白云鄂博。但有一点可以肯定，就像蒙古族人认定白云鄂博是宝山一样，马宝山的父辈是希望或者认定他也应该成为宝山的，要不然怎么会给他起这么一个响亮的名字呢。

马宝山没有辜负他父辈人的期望，他的宝全藏在了他的头脑里，他的宝就是他讴歌草原、讴歌草原人的绵绵华章，以及他编织的那些动人的草原故事……

马宝山的笔下已流淌出了上百万字的作品，结集成了中短篇小说集《家园》和小小说集《流泪的太阳》，其中《流泪的太阳》还获得了全国微型小说个人作品集（1980—1995)优秀作品奖，后来他还获过内蒙古的最高文学奖索龙嘎奖，他的作品被译成英文、法文，收入多种集子——这都是对他多年来辛勤笔耕的褒扬与肯定。

已有了如此成绩的马宝山不满足于他的这些收获，他雄心勃勃，希望做出一番事业来，在文联领导伊德尔夫的支持下，他创办起刊物，在边陲草原开辟了一块小小说的苑地，也曾办得红红火火，可惜后来由于一些原因停了刊，他不甘心，一直在寻找机会。

之后，他又拿起了笔，他有许多许多的故事可写，他也有许许多多的感慨要写。他甚至想当专业作家，想成为内蒙古草原的一支笔。但命运又把他安排到了《鹿鸣》杂志社当编辑部主任，这是个为他人作嫁衣裳的工作，他苦恼过、矛盾过，甚至萌生过撂摊子不干的念头。慢慢地，他想通了，文学事业要有人写，也要有人为之服务，作些牺牲。不过，他仍放不下他心爱的小小说创作，因此他利用编辑部主任的这点儿机缘，在《鹿鸣》的苑地，让小小说也绽出七彩的花来了。

如果要我概括地说出对马宝山的印象，我想不外乎义气、勇气、爽气、灵气。何以为证呢，譬如他答应朋友办的事必会千方百计办到，决不失约失信于朋友。创办刊物时就显示了他那种蒙古族人一往无前的勇气。在酒场里最能体现马宝山爽爽快快的脾性。最近我的草原之行，样样满意，就是蒙古族人大碗喝酒的习惯把我吓坏了，幸好每次都有宝山保驾，豪爽地代我一饮而尽。他是宁可自醉也不会让朋友醉倒桌下的。宝山的灵气可从他的作品中感觉到，凡读过宝山小小说的人，无不因他笔下鲜活的人物，隽永的文笔留下深刻印象。

写到这里，我忽然想到马宝山最有特点的是他的那双小眼睛。有人写对他的印象时曾写到过他那双“睿智的小眼睛”，有人开玩笑说是“狡黠的小眼睛”，其实小眼睛也不坏，小眼睛像电筒一样集光，看得更清楚。马宝山的小说写得这样棒，我想与他这睿智而狡黠的小眼睛的观察力度是分不开的。一笑。

1998年

为诗而醉的谭清红

谭清红，我朋友的朋友，也可以说我文友的文友，诗友的诗友。在去湘潭之前，我并不认识她。只知道她刚出版了一本诗集《青红醉》，要开首发仪式。作家网的总编冰峰给她的诗集写了序，谭清红邀请他去出席。正好我与冰峰在邻近的常德参加文学活动，冰峰拉我一起去。我与冰峰自20世纪90年代中期认识后，成了老搭档，海内海外一起去过不少地方。恭敬不如从命，就结伴而去了。

谭清红给我的第一印象是豪爽、果断，有霸气，属女中豪杰那一类。

那晚在诗集《青红醉》首发仪式上，她的发言很动真情，她的朗诵很动感情，让我看到了她的另一面，她是个粗中有细，刚中有柔的女性。

首发式上，我也得到了一本诗集《青红醉》，当时只粗粗翻了一下，回来后，才有时间细读。

首先，这诗集的书名《青红醉》，简洁，耐咀嚼，有诗意，有味道。老话说“作诗容易题目难”，题目属画龙点睛的，题目是含蓄还是直白，是晦涩还是典雅，直接关系到诗的韵味。诗集的书名就更重要了，一般来说，最好既不是一碗白开水一眼看到底，也不能让读者猜谜般猜不透。谭清红的《青红醉》，一语双关，恰到好处。为什么这么说呢。毫无疑问，“青红”两字与作者的姓名不无关系，“青红”可以借代“清红”。在这里，青红可以理解为名词，也可以理解为形容词，既可当名字解，也可当人生状态解。“青红醉”三字，可以拆开来解读，分“青”“红”“醉”三阶段、三境界，也可分“青红”“醉”两部分诠释，还可作为一个整体，连起来读，总体理解、释读。

我20世纪80年代以诗叩开文坛之门，也出版过两本诗集，现在写诗只是偶然为之了，所以我把自己定位为“曾经的诗人”。作为一个曾经与缪斯亲近过的过来人，我发现目前诗坛有三大类诗人，一类是现代派诗人，一类是传统派诗人，还有一类是介于中间的诗人。现代派诗人的诗作意象新奇，甚至诡异，语言创新，结构新潮，给人阳春白雪之感，就是常常让人看不懂；传统派诗人固守着所谓的传统，韵脚、节律，甚至平仄处处讲究，语言通俗易懂，朗朗上口，适合朗诵，但通常被评论家瞧不上这类诗歌，认为它们落伍了，下里巴人而已。有些诗人则游走于现代派与传统派之间，在传统的基础上汲取现代派的营养，把现代派的探索根植于传统派的土壤。谭清红属于这第三类诗人。因为她的诗歌既不算太先锋、前卫，也不算太传统、古典。

就题材而言，收录于《青红醉》里的作品，以爱情题材为主，以个人感悟为主，兼有对社会生活的反映与对社会现象的评判。如第一编中的“青涩季节”大部分是作者的情与爱，她真实地袒露了自己的心扉，爱过、伤过、失望过、期待过、憧憬着、相信着；第二编中的“红熟人生”则掺杂着社会内容，情感的背景不仅仅局限于自己，关注的也不仅仅是小我，视野的半径扩大了许多；第三编“醉拾心影”是全集子的高潮部分，无论情感、心态，诗的语言、诗的节律都发酵了、升华了，有一种激情蕴含其中。

就诗的技巧而言，谭清红习惯于短句，精致、隽永，干脆、利落，铿锵有力，富有韵律，渗透着唐宋时小令的韵味。通读全集，几乎没有那种佶屈聱牙、晦涩难懂的欧化语句，语言干净而流畅。

读谭清红的诗，可以明显地感受到她的真诚，她的坦率，她的善良，她的激情，她是个不设防的人，是个性情中人。她私密的情感，她内心的独白，都在诗的字里行间流动，没有如何的遮遮掩掩，没有丝毫的涂脂抹粉，以真性情交流，以真面目示人，她，就是个真诗人。

中国有句家喻户晓的老话“醉翁之意不在酒”，但后半句“在乎山水之间也”可能知之者寥寥。谭清红的诗重点在醉、高潮在醉，然而，醉，不是因为酒，不是因为喝，而是酒中有诗情，酒中有诗意，谭清红的“我想醉”，归根结底是为诗而醉。诗，使她进入状态；诗，使她文采飞扬；诗，使她回归本真；诗，使她提升境界。

2014年12月25日于太仓先飞斋

正路正果，宜书宜篆

——张正宜书法、篆刻浅评

认识张正宜是在一次文学活动中，而不是书画交流会上。记得2009年时，上海的海上诗社来太仓以诗会友，接待中，有位女诗人赠送了一幅书法作品给我，因字体儒雅，书风圆融，给我留下了深刻印象，我记住了她的名字——张正宜，一个非女性的名字，一个颇阳刚的名字。后来听海上诗社的人介绍，张正宜不但是诗人，还是个作家，出版过散文集，更是个书法家、篆刻家。我是个曾经的诗人，也出版过散文集，这样，关系似乎更近了一层。

说起来张正宜与我也算半个老乡，她祖籍常熟，与我家乡太仓相邻，两地历史、文化，相近相亲相融，特别是太仓的“娄东画派”与常熟的“虞山画派”，以及书法、篆刻等，从元代以来，就互学互补，交相辉映，你中有我，我中有你，这对我探索、了解张正宜的艺术根基和成长途径，大有裨益。

说实在的，我国不乏女诗人女作家，女书法家却寥寥，女篆刻家更属凤毛麟角，对于张正宜的追求，张正宜的个性，只管中窥豹，略见一斑。

岁末年初，张正宜发来了她的书法、篆刻作品，要我评点。我不善书法，更不懂篆刻，只能门外说道，一孔之见。

中国有句老话谓之“文如其人”，那字呢、画呢、篆刻呢？其实也是如其人，如其品，如其格，如其风。当然，例外也是有的，不过，张正宜的书法与她的人的精神面貌倒是蛮契合的。我欣赏了张正宜的若干幅书法作品，以我的审美观之，最大的特点是内敛、内秀，溢着古典，透着张力，文气、清气，蕴书卷气。以她抄录的唐朝孙过庭的书法理论专著《书谱》长卷为例，洋洋数千字，有汉隶笔意，有魏碑精气，有唐楷构架，有宋书气韵，字字典雅，行行娟秀，一气呵成，力贯到底。中有书者心，中有书者意，中有书者情，可见骨血肉，可观精气神，可慢慢赏，可慢慢品，可从中学，可从中悟。

书画、篆刻是很讲究师承的，但张正宜却既非科班出身，也未拜师名家，而是自我摸索，自学成才。这与其秉性、天赋、爱好、执着，不无关系。

张正宜曾在一篇学艺心得中为自己总结了“入古”“出新”“求精”三点，这大概可以视为张正宜的学艺轨迹，或者可以视为张正宜学艺的三个阶段。入古，就是浸淫传统，摈绝尘俗，以期达到“楚调自歌，不谬风雅”的境界；入古是手段，出新是目标，出新不是贬古，不是代古，而是借古求变，古中蕴新。不是一味标新立异，而是写出自我，不流俗臼，诚如孙过庭所言：“古不乖时，今不同弊。”求精，则是一种自我施压，一种律己苛求，是一种理想，也是一种境界。如何求精呢？张正宜告诫自己：不率尔操觚，不任笔为体。因每每有精品意识，铺纸即认真，落笔即入神，养成习惯，自然而然，也就不致因应酬而草率，应付而马虎。长期练之，熟能生巧，巧而见美，巧而近精，再巧中寓拙，巧中有智，巧而不俗，巧而不媚，返璞归真，走向自然，以求自然为美。

观张正宜的书法，有柳公权《玄秘塔》的内敛外拓，健劲舒展；有唐人《灵飞经》的流畅飘逸，沉着秀美；有欧阳询楷书的法度严谨，笔力险峻；有钟繇楷书的自然流丽，平淡真淳；也有北魏楷书的诸多元素，如《张黑女墓志》的宽博大度、古拙道厚，《张猛龙碑》的劲峭纵横、奇正相生等，所谓杂取百家，唯汲精华。在不断的探索中，张正宜悟到了书法的精义，唐人楷书的中规中矩、清丽清秀，与北魏书风的粗犷野性、不拘一格，两者结合，取长补短，她的书风也逐渐灵动起来，洒脱起来，意趣渗出，韵味溢出，当得“端庄杂流利，刚健含婀娜”的评价。

张正宜的扇面，虽为小品，却粗细适中，大小相宜，遒劲中含秀润，敦厚中见锋芒，高古典雅，大气脱俗，单看字有情，整观篇有神，小品不小，扇有魂魄。疑为名士珍宝，大家旧藏。

《文赋》《洛神赋》皆为蝇头小楷，字字机杼，整篇生辉，功力之厚，功夫之深，让人叹为观止。没有坐它十年冷板凳的萤雪功，没有心无旁骛的静气，没有抵御外界诱惑的定力，如何耐得住寂寞，乐在其中，大智若愚，心静如水，写得如此干净，如此禅意。

张正宜以书法为主，篆刻为副，旁及诗歌、散文，其书法较好地处理了方与圆、曲与直、藏与露、柔与刚、浓与淡、枯与润、平与侧、字与篇之间的关系，在刚柔相济、神形兼备方面有了自己的体悟与心得。

中国人讲究并信奉书画同源，由书法而篆刻，由绘画而金石，大有人在；因书法拔尖而篆刻精湛，因绘画出名而金石出色，也不胜枚举，如齐白石、吴昌硕、高式熊、马士达。张正宜走的也是这一条艺术之路，只是女性印人实在少而又少。

从大文化的范畴说，艺术到了一定高度都是相通相融的，所谓触类旁通，通则融，融则化，化则合，合则深，深则跃，一跃而过龙门，一飞而上高度。潜质差的，或许一辈子都难鲤鱼化龙；悟性强的，事半功倍。张正宜乃后者。她与“学”一日不离，在“通”字上狠下功夫，也就书画、篆刻、诗文并驾齐驱，跃上台阶。

张正宜于印，众采百家，不独一路，但凡古玺、封泥、钟鼎、盘盂、瓦当、古币、砖文、碑帖，以及明清流派印，乃至当代名家印，均入其眼，入其心，以一化十，一一融会贯通，力争学有所思，思有所悟，悟有所得，化作章法，化作布局，化作刀技，化作意趣，冲、切、披、削、凿、击，胸有成竹，随心所欲，行当即行，止当即止，然方寸之地却纵恣纵横，寄情赋性，迁想妙得，终及通会，也就小中见大，气象万千。

女性治印，其力其劲，与男性比之，总稍逊一筹，然张正宜却喜大开大合，大疏大密，天马行空，纵横捭阖，心之所至，刀之所至，意到力到，情到神到。张正宜还善于利用汉字象形之特点，因字设计，因句谋篇，组合搭配，多套方案，择优选之，最佳定稿。故张正宜所刻之印，其字其词，百态千姿，有倚、有靠、有斜、有侧，或伸缩，或穿插，或挪让，或顾盼，灵幻多变，意味深长。真是小印见真趣，大印见神韵。

治印的行话：密处不容针，疏处可走马。张正宜很注重计白当黑，疏密对比，在收放自如中，挥洒其个性。把玩张正宜之印，确乎有一种跌宕起伏的节奏，给人一种视觉上的冲击。

张正宜的篆刻已具备了实用性、观赏性、启迪性、收藏性。

石不能言最可人，石不能言味最长，我很欣赏张正宜的印章。不由得想起张正宜为一次雅集撰写的文章发出“石有情、人有缘，常相伴、两相宜”之感叹，我亦有同感，深有同感。

张正宜堪称多才多艺，宜书宜印，也宜诗宜文，爱好为业余，走的是正路，心正则路正，路正，就能修得正果。当然，艺无止境，张正宜当努力再努力，自会进步再进步。

2011年2月8日于太仓先飞斋

潇湘才女罗小玲的书法

我与罗小玲原本素昧平生，因了2014年12月初的潇湘之行，得以认识了她，从而欣赏到了她的书法。

湖南之行，起因是去常德参加文学活动，邻近的湘潭行是顺道。是应邀去参加湘潭市女作家协会会长谭青红的诗集首发式，去湖南科技大学文学院讲课。

罗小玲系湘潭市女作家协会的副会长，在逗留湘潭的三天中有了接触。第一眼印象，她是个颇有气质的女性，典雅、淑静。后来才知道，她还是书法家、诗词家。

我接触的书法家不少，诗词家也不少，其中不乏大家。但我也知道这个队伍中，良莠不齐，有水分的、自我感觉良好的也不少，所以我也就听听而已，没有当回事。

临走那天，湘潭市女作家协会聘请我与作家网总编冰峰为顾问，在齐白石公园举行了一个小小的仪式。那天，罗小玲也来了，她特地带来了他的书法作品，赠送我与冰峰各一幅。给冰峰的一幅，书写“万紫千红”四个大字，赠送我的一幅是“大朴不雕”。落款是“时在甲午冬，湘女罗小玲于湘潭书”。她说是根据我们两人的不同个性写的。前者写得潇洒率性，灵动飞扬，后者写得厚实朴茂，劲遒内敛。我眼前一亮，很喜欢这四个字，也喜欢这幅书法。有行家认为：大朴不雕、大匠不凿，乃艺术的最高境界。《庄子·山木篇》云：“既雕既琢，复归于素朴。”无非强调真正的大美应该是质朴的、自然的，无须雕饰、无须匠心的。彻悟无须语，大朴何用雕，即此道理也。因此，大朴不雕常常与大道至简、大巧若拙等成语合起来用。我为安徽马鞍山的作家言行一的长篇纪实文学集《咱村的赵树理》写过代序，题目就是《大朴不雕，真水无香》。

回太仓后，我细细欣赏了这幅作品，再一次感觉到字面的寓意、内涵好，书法更精彩。“大”字与“不”字的力度，“朴”字与“雕”字的美感，简笔与繁体，厚重与线条，恰到好处地融合于一炉，合璧于一幅。

说老实话，我对罗小玲本人，以及她的书法都知之甚少，我只是从《中国艺魂》报纸上看到过罗小玲的介绍，以及她的不多的几幅作品。然管中窥豹，对罗小玲的书法也算略有所知，谈点儿粗浅的一家之言。

如今是全民学书法，以书法家自居的遍地都是。不少人是为学书法而学书法，为练书法而练书法，没有学养来滋润他的书法，来支撑他的书法。而罗小玲就不一样了，她既是作家，又是诗人、词人，她曾经是湘潭县文联的副主席，如今是中国楹联家协会会员、湖南省作家协会会员、湘潭市诗词协会的副会长，她接触的，不说“谈笑皆鸿儒，往来无白丁”，至少以文化人为主，文化层次较高。老子说：“以道藏艺，以艺藏道。”移至罗小玲身上，有几分贴切。她游走在诗文与书法之间，互为借鉴，互为影响，既能入乎其内，又能出乎其外，也就相得益彰，相辅相成。

虽然，罗小玲的名字土了点儿，俗了点儿，但她的笔名“芭蕉雨”“时雨”就很文气、很诗意、很契合她的气质。我读过几首她的诗词，不管是五绝、五律，七绝、七律等古体诗，还是《虞美人》《西江月》《忆江南》《捣练子》等词牌，都文字古雅，意蕴绵长，情感真挚，立意匪浅，还是颇有古典诗词功底与诗人灵气的。她的文史积淀，她的审美追求，都决定了她处在一个较高的美学层次。我没有与罗小玲交流过，也没有采访过她，只能就作品而论作品。我看过她的刻碑、题词、对联、条幅，有行书、有楷书、有篆体、有草书，以行草为主。如“踏雪寻梅吾所爱，临风把酒子当歌”一联，意境美妙，心态放松，她落笔也挥洒自如，一气呵成，字体与内容达到情景交融，浑然天成。那种随心所欲，那种不拘一格，丝丝缕缕从字里行间渗出。那幅“宁静致远”，则给人实笃笃的感觉，沉稳大气，无俗无甜，笔笔力到，字字稳健，犹如一字一石墩，很难相信这是出自女性之手。“明月清风”四字横幅我也颇中意，文气、隽永，像明月一样清澈、静谧，像清风一样柔和、温馨，结体瓷实，笔墨自然，属耐看之作。她的刻碑之作“万世归仁”，以古拙见涵养，以厚实见笔力，每笔每字，如镌如刻，有骨感，有血肉，有金石味，有苍茫意，巧拙有度，意趣非常，可洞见她北魏的笔意。

孙过庭在《书谱》中说过：“谓未及，中则过之，后乃通会，通会之际，人书俱老。”在书坛大腕面前，小玲还小，人书俱老的境界还在遥远的将来，好好努力，未来的路还长着呢。不过，以我之见，罗小玲宜把主要精力放在书法上，诗词嘛，作为一种雅兴，调剂生活，丰富情趣，不放弃即可。

2014年12月24日平安夜于太仓先飞斋

因诗而人生丰满的安科

安科，是一个人的名字，一个黎族青年的名字。

安科，是一家县级市刊物的主编，一位生于贵州普安，服务于普安的文化人。

安科是我的诗友，安科是我的文友。

因为安科既写诗，也写小说。如今两栖的安科是以诗叩开文坛之门的，他对诗有刻骨的相思，诗也让他赢得了爱情，充实了生活，使他的生活因诗而丰满、而多彩、而诗情画意。

安科的诗集很厚实，375页，12个印张，绝非那些诗歌小册子可比。虽然厚厚一本，但读起来不累，因为它不像有些诗文字那样拗口，意象诡异，寓意晦涩，结构古怪，让人读了，品嚼了半天，依然云里雾里，不知所云。

曾有一位年轻诗人要我为其诗集写序，可我通读掩卷后，竟有些茫然，我在问自己：我读的是天书，还是诗集？

我在想，不管怎么说，我也是个曾经的诗人，正儿八经出版过诗集，而且还是中文系毕业的，爬格子也算老资格了，像我这样几乎天天与诗文打交道的尚且读不懂，那么究竟能有几个人读得懂它，这样的诗集又有多少价值呢？

安科的诗，其根是深植于中国传统文化的土壤之中的，有着唐诗宋词的滋养，也有白话诗的浇灌。从诗的内容上看，安科关注现实，关注国计民生，关注日常的生活。从他的行文结构、用字遣句来看，安科心中时时装着读者，他不玩先锋，不玩前卫，也不故作高雅，不故作阳春白雪，而是化繁复为简洁，变瑰丽为质朴，追求一种自然之美、疏朗之美、清新之美、平淡之美。

读他的五个小辑，我最喜欢的是“敬重农业”这一辑。这一辑诗写得实在、写得厚实、写得真诚、写得韵味，写出了泥土的芬芳，写出了生活的本真，也写出了诗人的情感，写出了诗人的灵魂深处，仿佛触摸到了诗人那颗赤诚的心。

而像“另类声音”，则多少显得论事多，叙事少，哲理多，意象少。

理性大于感性的长处是直抒胸臆，但有时会不够含蓄，这是个智者见智，仁者见仁的话题，所谓青菜萝卜，各人喜欢。

安科有几首诗的开头我比较欣赏，譬如《品味除夕》：“这条万寿无疆的鱼 / 名叫时间/喂养在宇宙硕大无朋的池子 / 当每天一次地数完365块鳞片 / 中华儿女便开始餐桌上的大团圆。”——譬喻很绝，也很有气势。这种譬喻谁都能读懂，却充满诗意，达到了雅俗共赏的境界。还有像《咀嚼艰难》：“只因为那时太年轻 / 总怕吃一碗名叫‘艰难’的家常菜 / 直到有一天被经验吼醒 / 才知道它丰富的营养日益香甜。”——用家常菜来比喻艰难，很有新意，而诗句的内涵则更让人深思。诸如这样较为精彩的开头还不少，像《与诗结盟》：“一段刻骨的遭遇 / 发酵之后 / 萌芽 /长一藤绿意婆娑的希冀 / 鼓舞我欢欣。”——都让人读后留下深刻而美好的印象。

今天上午我为一位家乡的青年女诗人即将出版的诗集写了代序，下午为安科写诗评，我发现两人的诗都有一个共同点，都不怎么讲究韵脚，可能我久不写诗，与诗坛隔膜了，或许近年诗歌无所谓押韵了。不过我总认为，诗，押韵为好为上。有了韵脚的诗，读上去会更朗朗上口，更有韵味，不信，可试试。

2006年4月9日于江苏太仓先飞斋

辑四／海外文友

在旧金山遇严歌苓

那天晚宴共四桌，一律黑头发黑眼睛，都是从世界各地或美国各地赶到旧金山来参加“世界华文文学国际学术研讨会”的。

举杯前，来了一男一女两位我不认识的人，看两人神态，是一对无疑，女的清秀脱俗，那种典雅能令人想起旧时江南的大家闺秀，那位男的身材魁梧，帅得很。

一个纯中国人的宴会，突然来了位老外，原本可能会有些尴尬的，但我发现他一落座后，那一桌气氛就此热闹了起来，有几位还拉着他们夫妇俩合影呢。

我突然想起华人女作家严歌苓嫁给了一个叫劳伦斯・沃克的美国人，会不会是她？对，一定是她了，我曾见过她的照片。不说不像，越看越像。

我边上一位文友想过去与严歌苓合个影，拉我同去。我说：“吃饭时把人家当道具，硬拉她合影，是不是有点儿不礼貌，算了吧。”

第二天吃早茶时，吃到一半，严歌苓夫妇来了，凑巧她正好坐在我边上。我告诉她：上个月我刚去过安徽的马鞍山，碰到了你哥哥严歌平。就这样我们很自然地聊了起来。我给了她一张名片，她说没有名片，就撕了张纸手写了起来，还留了电子邮箱。我想，这手写的地址肯定比印刷的名片要珍贵得多。

等她吃罢，我提出合影一张，她欣然同意，没想到这头一开，严歌苓又变成道具了，人们一个接一个地与她合影，这大概既是出名的快乐，又是出名的烦恼。

在最后一场论文交流会上，主题是谈网络文学。严歌苓谈了网络对她的影响，谈了电脑创作的便捷与麻烦。看来，严歌苓的口才远不如她的笔，但她说得很真诚。譬如她说她有许多美国的词汇不懂或在电脑操作卡壳时，马上打电话给她的美国夫君。而据她的美国夫君说，她的词汇量甚至比他还多，常常考住了他。

据说她天生是块写作的材料，一坐到电脑桌前，她的灵感就源源不断来了，刹也刹不住。

严歌苓是写长篇小说的，我是写微型小说的，我们创作时的状态或许有所不同，但对文学的痴迷、对文学的快感却有相通之处。

2003年1月11日

泰国华文文坛的文曲星司马攻

泰国的司马攻是我的老朋友，我们是在1994年新加坡首届世界华文微型小说研讨会上认识的，一晃有18年了。司马攻多年来担任泰国华文作家协会会长，如今古稀年纪，让贤了，被一致推举为永远的名誉会长。他对泰国华文文坛的贡献是巨大的。在他的领军下，泰国的华文文学创作一直稳步发展，在东南亚国家之中名列前茅。

司马攻是20世纪60年代步入文坛，原本以写散文为主，诗歌为辅。20世纪90年代初，中国的微型小说创作之风，波及泰国，司马攻以其作家的敏锐，发现这是一种前景看好的朝阳文体，他不但身体力行，带头写起了微型小说，还在泰国华文文坛倡导写微型小说，带动了一批作家写起了微型小说。近年，中国大陆有人提倡一种比微型小说更短小的闪小说，只数百字。司马攻知道后，大感兴趣，再一次为之鼓与呼，古稀高龄的他竟然再一次爆发出少有的创作热情，一鼓作气创作了一百多篇闪小说，准备结集出版。

我也写过若干篇几百字的小说，但说句老实话，我写不好，我必须写到1200字以上，才能把一个故事讲完整，把人物写出来，故我很少写千字以下的小说，这也算是扬长避短吧。

最近，我有机会得到了司马攻的闪小说集《心有灵犀》的电子版，本来想粗粗浏览一下，没有想到一读竟放不下了，于是，饶有兴味地读完了全书。

说实在的，闪小说我读过一些，良莠不齐，精彩的、让人眼前一亮、让人拍案叫绝的有，但不多，大部分一般般。重要原因还是篇幅有限，作者的聪明才智难以施展，以致往往有梗概，无血肉，有故事，无人物，或者说有人物，没个性，这几乎是个通病。

但司马攻确乎是精短小说的高手，在两三百字的篇幅里，就能讲一个相对完整的故事，还能写活人物个性，不能不让人佩服。

我拜读了司马攻这140篇闪小说后，做了一个简单的梳理，我发现第一是题材宽泛；第二是着重描写了普通百姓的生活与情感；第三是写真善美，写传统道德的居多；第四，多篇写佛教、道教的极为精彩。

如开篇打头稿《情深恨更深》，就是写尼姑的，三百来字，竟然写得跌宕起伏。这中间如果展开写，完全是篇中篇小说的素材，但司马攻惜墨如金，只区区三百字，就把倭寇的残暴、寡情、无人性写到了骨头里，把尼姑的正气，大义灭亲，侠义凛然写得入木三分。

《靠窗那张床》也是篇好小说，把一个孝子的内心刻画得栩栩如生。司马攻用一个换床的细节，就完成了人物的塑造，因换床，还被人误会，这就增加了作品的可读性，最后抖包袱般揭出谜底，至此，读者才恍然大悟。

《伤心河边骨》写得特精彩，看到这题目，我马上联想起唐代诗人陈陶在《陇西行》里有“可怜无定河边骨，犹是春闺梦里人”的诗句，司马攻点窜的恰到好处，他的古代文学修养也可见一斑。短短三百多字写出了一百多年前来南洋谋生的华工的血泪史，写活了马六这个人的善良、有心，同时也写出了某些华人，如郑大、李二、林三、张四等人的劣根性，让人回味不尽。

《风炉伯》中的风炉伯真是古风绵绵，又有传统美德，读之，让人唏嘘不已。这篇作品里，风炉伯的品行固然高尚，林大志同样是好样的，这么短的文字，写了两个人物，真是堪称高手啊，最后结尾也结得漂亮，把两根金条捐献给前线抗日将士，妙，妙不可言！

司马攻的闪小说几乎每篇都可以评点，因为篇幅关系，就此打住吧。

我注意到，有多篇写到了处世的诚信，做人的真诚，恪守传统道德的规范、弘扬中华文化的精义……这一切让人联想到如今的一切向钱看、传统泯灭、道德沦丧，怎不让人感慨万千？！

读司马攻的闪小说总体感觉是温馨的、温暖的、让人振奋的、给人以启迪的，但也让人反思、让人自检，这样的小说是有社会意义的。

2012年8月5日于太仓先飞斋

广交各国文友的秦林

秦林是新加坡的诗人、作家。

也许，他在大陆的知名度，远不如黄孟文、尤今等新加坡的作家，但在新加坡文坛，他也算是个谁人不知，谁人不晓的名字。

秦林继承了父亲的遗产，是多家公司的董事长。但他却无心于经商，偏爱写诗写散文，他出版过多本诗集、散文集。

秦林写诗写散文既不是为了扬名，更不是为了稿费。他最大的兴趣在于以文会友，结识更多的文朋诗友。

或许，作为一个企业的董事长，作为遗产的继承人，他不是最优秀称职的。因为他实在不愿意把生命耗费在商战上。他觉得钱够花就可以了，人生在世，友谊友情比金钱更有价值。

秦林好交结各国同道，在新加坡，甚至整个华文文学圈内都是出了名的。

我1994年12月去新加坡时，当时并不认识他。我到新加坡那天，正好是圣诞节，一个在新加坡工作的朋友说好来接我去她家过节的，我早早地等在下榻的宾馆门前。正好秦林也在那儿等人，他在等马来西亚作家代表团。不知道什么原因，马来西亚作家代表团没有如期到达，秦林与他们通过电话后得知要到半夜12点左右才能到。

在等人的一个小时里，秦林已和我聊得像多年的老朋友一样了。他的热情、坦率、真诚，使我一下子没了陌生感。后来，我朋友来了，因她刚到新加坡不久，还没买汽车，因此是乘公共汽车来的，圣诞节车少，所以迟到了些时间。

秦林见我俩要去乘公共汽车，自告奋勇说用车送我们过去。

那天是圣诞节的晚上，正是团圆的日子，秦林却不急着回去，主动用车送我们。这自然使我与我的朋友都很感动。车到新加坡国立大学专家楼后，出于礼貌，我朋友邀请他一起上去参加他们的圣诞小聚，没想到秦林一口答应了。这使我感到既意外又高兴，刚到新加坡就交到一个新朋友，真好。

屋子里大约有七八个人，都是应邀从美国、日本、加拿大等国到新加坡国立大学从事教学、研究的华裔专家。这大概正好符合秦林的交友原则，他很快与大家热络得像三百年前早就认识了似的。

那天吃的是自助餐，有十多种菜，还有好几道小点心。我因有点晕机，一点胃口也没有。秦林却像孩子似的，无拘无束地吃着、谈着、唱着，成了当然的主角。不清楚情况的人可能反以为我是陪他来的呢。

不过，他能自来熟地融入这一拨人中，一起度过一个开心的圣诞之夜，确实让人难忘。

这之后，秦林就成了我的朋友。

记得首届世界华文微型小说研讨会结束后，各国作家、学者都先后回国了，秦林却提出让我多住几日，他说他有车，可以陪我在新加坡多转转，这正是我求之不得的，也就恭敬不如从命了。

秦林自己开车，他的车还可乘三个人，于是我与中国邯郸的张记书、马来西亚女作家朵拉留了下来。

秦林真是善解人意，他说会议已安排你们去过最繁华的乌节路与孙中山纪念馆等，我就带你们到最能发现素材的地方。结果他先带我们去了牛车水，这地方相当于北京的天桥、上海的城隍庙、南京的夫子庙，倒是很原汁原味的，且东西价钱也比较实惠。这之后秦林又带我们去了新加坡热带植物园，他还一路充当导游，这真的让我大开眼界，光各种品种的胡姬花就看得眼花缭乱，使我回国后写了一篇《永远的胡姬花》。

在后来的三天中，秦林一身兼数职，既是司机，又是导游，还是后勤总管，可他还乐此不疲。

最有意思的是他说，你们都是各国的名作家，第一次来新加坡，如果看得不多不广，了解得不深不透，那回去写新加坡肯定是肤浅的。我要让你们看看新加坡的方方面面，以有助于你们更全面更深刻地了解新加坡。

第二天吃好晚饭后，秦林把车开到一个丘陵地带，那房子都是一幢幢独立建筑，几乎都是两层楼的，既没有平房，也没有高层，街道上很少见人。秦林把车开得很慢很慢，让我们尽量感受到当地的风土人情。后来，他又带我们到处转了转。

我们真的很感激有秦林这样的热心人。

后来得知，秦林就是这样一个人，只要海外文友来了，凡他认为可交之人，他会又花时间又花金钱地来陪你转陪你玩。他觉得朋友越多越好，他甚至认为以文会友，比之经商赚钱更使他感到人生充实。

2004年10月2日

狮城三见尤今

首届世界华文微型小说研讨会，庄重而紧凑的开幕式结束后，休息一刻钟，可以在会场随意喝咖啡、吃点心，互相认识认识，交流交流。

正当我与小小说作家张记书准备去倒咖啡时，见一气质高雅的女士向我俩点头打招呼。我一愣，好面熟，似乎在哪儿见过。喔，想起来了——这不是大名鼎鼎的新加坡女作家尤今吗？尤今目前在一所中学执教，教学之余，勤于笔耕，以写散文随笔为主，迄今已出版过七十多本集子，很走红。

我们互相换了名片，尤今的名片很特别，没有一个衔头，只大大方方写着“尤今”两字，我想凭尤今的知名度，她确不需要片言只语的自我介绍了，“尤今”两字就是最好的介绍吧。她的名片不同之处还印有一朱红篆刻印章，且是不规则的近似椭圆状的一枚印章，显得雅致而亲切。

聊过之后，尤今女士愉快地与我、张记书合影留念。

这次首届世界华文微型小说研讨会共安排了七场论文发表会，每一场由一位新加坡作家担任执行主席。因为各国递交论文，要求发言的代表多，大会秘书处为避免一言堂，特规定每人发言不超过15分钟。会议第二天上午的第四场论文发表会由尤今担任执行主席，温文尔雅的尤今“一旦权在手，便把令来行”，成了严厉的执法官。她自制了一块黄牌，黄牌上写着“警告超时”四个字。论文宣读前，尤今以主席的身份宣布：限讲15分钟 ，到12分钟时她将亮出黄牌，以示警告，若警告无效，将被红牌罚下场。这是尤今的幽默之举，她和众人相顾而笑，大家内心都很希望有个超时的，看尤今女士如何棘手地把超时者罚下场 。

或许真是尤今的黄牌起了作用，中国的左泥、沈祖连都在十分钟左右就结束了论文的宣读。刘海涛教授是中国当代微型小说理论的权威之一，他的论文较长，但他恰到好处地打住在15分钟 。马来西亚作家陈政欣索性跳开论文稿，提纲挈领地说了几个要点。一个个都成了遵纪守时的模范。由于前面几位都守时省时，当最后一个发言者新加坡作家林高宣读论文时，尤今宽宏大量地说：“因前面几位代表发扬风格，本次论文发表会时间有余，最后一位发言者可破例超时。”因林高是新加坡的作家，有人开玩笑说：“是不是胳膊肘朝里弯？”

林高的论文题目是《两个文体是老乡：论微型小说与诗歌的关系》，这篇论文有论有据，有一定的深度，受到与会者一致好评 。但林高并不想占天时地利人和的优势，他也结束在15分钟限时内。

最后尤今诙趣地说：“我苦心制作的黄牌没有派上用场，但看来实际上还是很能派上用场的。”大家会心而笑。散会前，尤今高举黄牌说：“我愿无条件地把黄牌出让给下一场论文发表会的主席。”大家报以热烈的掌声。

尤今在新加坡也是个热点人物、新闻人物，散场后，不少其他国家的学者、作家先后与她合影。一回生，两回熟，我开着玩笑对她说："你成道具了。"

正好新加坡作家张挥来给代表分送开幕式时拍的照片，我就请尤今在照片背后签了名。尤今的签名很特别，像图案似的。在签名下面，她又恭恭敬敬地写了"新加坡"三个字。这张照片也是一份珍贵的留念。

研讨会结束后本来第二天就要回国了，因东航每星期只有两次航班，我们须多逗留一天。

这一天原来没有什么安排了，正好新加坡文艺协会有个新闻发布会，他们邀请我们去参加。热心的新加坡诗人秦林先生驾车把我、张记书与马来西亚作家朵拉接到了大人餐馆。

原来新加坡文艺协会与中国文联出版公司合作出版了《新加坡文艺协会作品丛书》，今天借大人餐馆举行新书出版发布会。共三桌，有新加坡文艺协会会长骆明，作家林锦、李龙，诗人陈剑，《联合早报》张曦娜等几位记者，另外还有印尼等地的作家。不期在这儿又碰到了尤今女士。尤今戴着一副茶色眼镜，精心化了妆，显得风度翩翩。

新闻发布会结束后，大家拍照留念，最忙的是尤今，一次次被请去合影，而她自始至终面带微笑。我由此而想到做名人也不容易，能做到尤今这样毫无名人架子的就更不容易了。

这是我与尤今的第三次见面，临别握手时，尤今说："希望你有机会再来新加坡。"我由衷地说："希望你再到中国时，有机会到我的家乡太仓来看看。"

1995年3月11日改

新加坡华人作家伉俪——方然与芊华

应邀赴新加坡参加“首届世界华人微型小说研讨会”。逗留八天，接触了不少新加坡作家，我发现新加坡文坛有一个很有趣的文学现象，即有不少夫妻作家，如黄孟文与陈华淑，王润华与淡莹伉俪等。方然与芊华也是其中一对。

我与方然属通过信未见过面的文友，从他的来信中，我猜测他是个厚道朴实、可信可交的朋友。

到新加坡见面后，证实了我的判断。

方然年过半百，原名林国平，祖籍福建金门。

他最初是写诗的，以诗步入文坛，近年以写小说为主，出版过《岩下草》《黑马》《大都会小插曲》等多本集子，他的作品在好几个国家与地区发表，获得过诗歌奖、散文奖，被海内外多家报刊聘请为顾问，特约编辑等，在创作的同时，他还翻译了美国诗人弗罗斯特的作品，并且业余时间还编着一本《赤道风》文学季刊，在文学的山上跋涉着、攀登着，做着他认为值得去做的事，兢兢业业，无怨无悔。

不必讳言，在新加坡文坛，他不是那种大红大紫的、风头十足的作家，他属于默默耕耘、矢志不渝、为文学献身的那类作家。他妻子芊华年轻漂亮，气质不俗，我无意打听他们俩是如何结合的，但我猜想应该是那种很诗意很文学的恋情。

如果说他们的共同点，那就是他们的祖籍都在福建金门，都与缪斯有过情感，都对中国有着深厚的感情，都是文学的朝圣者。芊华目前是赤道风出版社的社长，出版过《绿的希望》等集子，她除了在新加坡多次获奖外，还获得过世界散文大赛二等奖与中国《散文》月刊颁发的散文优秀奖。

从新加坡回国后不久，我即收到了方然寄来的我在新加坡的留影，在新加坡时，曾有不少认识的与不认识的朋友一起合影留念，方然是最早寄来照片的一个，他为人之淳朴，做事之踏实，由此可见。又过不久，我又收到了芊华的来信，她把我在新加坡发表的样报都收好寄了过来（新加坡报纸一般是不寄样报的），真是一个有心人。

不管我是否还有机会再与方然、芊华见面，我都相信，我们的友情会越来越深。

1995年5月1日

马来西亚文坛才女——朵拉

朵拉是马来西亚文坛一位颇有成绩的华文女作家，她在中国的《小小说选刊》《萌芽》等刊物上经常有作品发表、转载。

我对朵拉的了解是始于《女友》杂志上一篇介绍朵拉的文章，文章发表于哪一期我都记不得了，但朵拉这名字深深地印在我的脑海中。

1994年年底我应邀去新加坡参加“首届世界华文微型小说研讨会”，去前接到马来西亚另一著名女作家柏一的来信，她告诉我朵拉将会参加这次会议。

在新加坡国立大学专家楼报到时，我与相遇的各国作家交换名片。当朵拉拿到我名片时，像碰到老朋友似的说：“噢，凌鼎年，你好！”随即她用很流利的普通话告诉我，“这期《蕉风》发表了你的作品，我带过来了。”这使我有碰到了一位熟识的编辑的感觉。这使我联想到了中国台湾地区的著名作家林清玄给朵拉集子所写的序言当中写到的，他与朵拉第一次见面时差点儿说："朵拉，好久没见面了。"——朵拉的随和、朴实、至诚至真，由此也可见一斑。

几乎所有的新加坡、马来西亚作家都有笔名，朵拉也不例外。她原名叫林月丝，一个很美的名字，她祖籍福建惠安，在那儿林姓是大姓，朵拉的根在中国，我去过惠安，那是个风俗很奇特的沿海小城，原来朵拉是惠安女的后裔。

朵拉的父亲是个很古板的华侨，他对朵拉的华文教育一直抓得很紧，因而朵拉虽然从小生活在马来西亚，但她的华文底子相当厚实，她的作品也很少有那种欧化味道，是一种很地道的原汁原味的中文文学作品，这真是难能可贵。

朵拉已在海内外出版过小说集《闲情》《十九场爱情演出》，散文集《贝壳里有海浪的声音》《亮了一双眼睛》《快乐的生活方式》，随笔集《阳光心情》，微型小说集《行人道上的镜子》等，作品还入选过海内外二十多种选集，获过马来西亚《光华日报》全国小说比赛优秀奖、亚洲周刊短篇小说奖等多种奖项，在马来西亚文坛有相当的知名度。

目前，她是马来西亚红树林书屋的总编辑，还编着一份双月刊，可以说是为推动马来西亚的华文文学孜孜不倦地努力着。海外的生活节奏比较快，她为人妻为人母，文学作品还源源不断地创作出来，委实不易，是什么使她醉心于文学的创作呢?

我想，一是她的中国情结，二是她对文学的热爱。

在新加坡的时候，她特地寻到新加坡音乐学院，联系女儿读书的事。有人问，为什么不让女儿去欧美国家读大学。她说欧美国家的大学风气太开放，怕女儿受影响。她希望女儿多接受一些东方教育。她对东方文化、对中华文化的偏爱，已渗透到她的血液中，这件事也许可为她的中国情结做一诠释。

她把写作看作是快乐的事，她在一本集子的后记中这样写道："我喜欢写作，所以我写作。我从来没有想过可以从写作里得到什么好处，由于如此，得奖、出书的时候，特别高兴，就算是拿稿费，我都认为是意外的惊喜。想想看，世界上居然有这等好事，我把我的快乐、哀愁，都说出来，让众人来分享、分担，然后还有稿费好领，接着，又把文章集印成书，这难道不让人开心吗？"

朵拉以这样的心情写作，难怪她的作品无丝毫故作高深，无丝毫故作深沉，无居高临下，无咄咄逼人之势，就像是一位知心的朋友与你促膝谈心、娓娓道来，不知不觉中，你倾听了她的叙述，感受了她的心情，产生了一种共鸣。

朵拉曾赠予我的两本集子，一本扉页上写着"随便看"，一本环衬上题着"无聊时读书"。我的理解，"随便看"即闲览。她没有把自己的作品看作负载着多大的社会责任，这种创作态度或许就是把文学作品还源于文学本身吧。"无聊时读书"，我理解为没有人聊天时读书，有朋自远方来，或三两知己已相约相聚，海阔天空，兴之所至，聊之所至，何等快哉，倘若好友不在，读书也是另一种聊的方式。读朵拉的文章，很有点儿听她聊天的味道，亲切、平易，让你听出味来。读她的《阳光心情》，你的心情也会好起来，读她的《快乐的生活方式》，你的生活也会快乐起来。

朵拉是个才女，写作之外，她喜欢绘画，给自己编的杂志与编辑出版的书或作插画或设计封面，她的画极有灵气，使看惯中国传统画的读者为之耳目一新。在新加坡时，她挤出时间去参观了书画大师陈瑞献的艺术馆，那份虔诚令人心动，那份好学令我辈自愧不如。

朵拉这个名字可千万别让你联想到潘多拉的魔盒，如果你假设朵拉也有那么一只盒子的话，朵拉的盒子里除了真情、爱心，还有的就是快乐。

我问过朵拉，这笔名是否有什么特别的寓意，朵拉告诉我："朵拉就是音乐符号'1、2'。"她对音乐的发烧，也就不用我再多介绍了。

有人猜测，朵拉将会走红中国文坛。

我深信不疑。

1995年5月1日

蛇年悼吴新钿

因为过年给王勇发电子邮件拜年，从王勇的回邮中意外地获悉吴新钿先生过世了，这使我悲痛不已。

吴新钿是我的老朋友，我们认识十多年了，第一次见面应该是1996年在泰国曼谷的第二届世界华文微型小说研讨会上。他的大气、豁达、睿智就给我留下深刻印象。1999年在马来西亚吉隆坡的第三届世界华文微型小说研讨会上再次见面。让我至今难忘的是，我与吴新钿会长等东南亚各国华文作家协会的文友策划成立了“世界华文微型小说研讨会”，吴新钿参加了在吉隆坡的第一次筹委会会议。我们想在新加坡注册。到2001年底，世界华文微型小说研究会在新加坡顺利注册。接下来就是如何召开成立大会了，正好第四届世界华文微型小说研讨会2002年要在菲律宾召开，我又与吴新钿商量，能否把研究会的成立，作为研讨会的内容之一？这样，研讨会增加了一个项目，可更丰富多彩些，而我们可以不花钱就把研究会成立了。吴新钿一口答应，5月份在菲律宾马尼拉开第四届世界华文微型小说研讨会时，中间插了世界华文微型小说研究会的成立，理事会的到会理事还按菲律宾的仪式进行了宣誓，媒体进行了报道，很是圆满，大家都认为世界华文微型小说研究会的成立，吴新钿是有功之臣。

记得在吴新钿的主持下，2001年时，菲律宾编辑出版了《菲律宾华文微型小说选》，他还请我为集子写了《初露曙色的菲华微型小说创作》的代序。这是当年世界华文微型小说文坛，除中国以外第一本海外的国家级选本，吴新钿的远见与魄力可见一斑。

后来我学会电脑后，就很少写信了，因为吴新钿不会电脑，联系要通过王勇转，不太方便，以致联系反而少了，回想起来实在有些内疚。这几年，吴新钿可能年岁原因，身体原因，国际文学活动不见他参加了，很是挂念。现在，吴新钿老会长仙逝了，这是菲律宾华文文坛的重大损失，也是世界华文微型小说界的重大损失，但我相信，菲律宾华文文坛与世界华文微型小说文坛会记住吴新钿先生的，会记住他的作品，记住他的人品。愿吴新钿先生一路走好！

2013年2月10日（大年初一）于中国江苏太仓先飞斋

黎毅，一位可深交的文友

我与黎毅仅一面之交，还是1996年去泰国曼谷参加第二届世界华文微型小说研讨会时认识的 。

黎毅给人的最初的直观感觉就是位老式文人，给人一种不善言讲，忠厚老实的感觉，定于我脑中的印象 ——这是位与世无争，默默爬格子，默默为他人作嫁衣裳的职业编辑。

因去泰国前，与黎毅先生没什么联系，故匆匆泰国行的几天里，与黎毅并无太多接触，或者说只是礼节性的泛泛交往吧。好像黎毅与其他海外的与会者也无太多的接触，他实在不是个善于表现自己，宣传自己的人。

不过，我与黎毅先生有合影，这至少说明，我把他视为朋友，他也把我视为朋友。

由于泰国《新中原报》副刊版的钟子美编辑移居中国香港地区，黎毅接手了钟子美的编辑工作，这样一来，我在钟子美手里未发完的那些稿一股脑儿都转到了黎毅手里。

当初，钟子美约我为《新中原报》选一些中国优秀小小说点评一下，以专版或连载的形式发，我先后点评了一百多篇稿，我去泰国时，已发了五六十篇，但尚有五十来篇未及刊出。我回国后，见那些剩下的点评稿迟迟不见刊出，就给黎毅写了一封信。黎毅很负责，很快来信解释说编辑方针有些改变，再像以前整版发有些困难，但他会努力争取。果然，他说到做到，不久即发了一个专版，还零零星星发了几篇。我知道他已做了努力，就不再催他。为了给朋友们有个交代，我准备把已发的与未发的点评稿汇总起来，编本书，让中国的出版社出版一下，于是我写信给黎毅，要求他把未能发出的稿全部寄还给我。说实话，我当时很担心这些稿子会散失。没想到黎毅是个绝对负责的人，不久就一篇不缺地全寄给了我，使我顺利编好交给了出版社，不久即可正式出版了。

这些评点稿虽然未能全部在泰国《新中原报》发出，但黎毅希望我能继续为《新中原报》撰稿。我每年要写四十多万字的作品，稿子自然不缺，就遵嘱寄过几次。黎毅每次一发稿就及时寄样报过来，还总附封信，真诚地告诉我：我寄出的稿，哪些好发，哪些不太好处理，并一一说明原因。毕竟是两个不同的国家，总有些编辑口味、读者口味之间的差异。作者自己认为稿子好没用，还需报纸的读者欢迎才行。黎毅希望我少寄一些地方性、局限性的作品，多寄一些泰国读者普遍关心、普遍接受、普遍有兴趣的话题的作品。

我有时因忙就疏于联系，他会写封信来，问怎么好长时间没联系了，没寄稿了。其实也就两三个月没写信寄稿，这无非说明黎毅先生心里很念着朋友。

记得1999年5月时，黎毅来信说，泰国华文作协准备办份《泰华文学》杂志，由司马攻主编，叫我有稿速寄。司马攻是我尊敬的作家，于是我挑了两篇与泰国有点儿关系的稿子寄去。不久，黎毅就寄来了《泰华文学》创刊号。这之后，他关照我要编第二期了，叫我有合适稿继续寄。这样，第二期《泰华文学》打头稿就用了我的作品。

几年来，我每年有作品在《新中原报》刊出，这与黎毅的热心、认真、负责是分不开的。

日久见人心，随着时间的推移，我发现黎毅是一位铁壳热水瓶式的人物，虽不像暖水袋那样触手即热，但内心却是滚烫的，且也不会像暖水袋那样，过不了多久就冷却。不知不觉我与黎毅的友谊越来越深。我翻了翻积信，黎毅竟成了泰华作家中给我写信最多的一位。我已把他视为可以深交的朋友。

每每想起，我在泰国还有像黎毅这样一拨可以交心相处的朋友，心头就荡漾起一种温馨。

2000年4月16日

结缘微型小说的梦凌

第一次知道梦凌的名字大约是在1996年。当时，泰国的《新中原报》《中华日报》《亚洲日报》《星暹日报》为了迎接年底在曼谷召开的第二届世界华文微型小说研讨会，都辟出版面发表了不少微型小说作品，特别是《新中原报》副刊编辑钟子美和《中华日报》副刊编辑子帆还特邀我代为组稿，多次推出中国大陆微型小说专版，与我的微型小说理论讲稿。我在收到的样报上读到了署名“梦凌”的微型小说，可能因为梦凌的笔名中有个“凌”字，所以格外引起我的注意。但我从没想过梦凌会是位女性作家，这个误会直到当年年底赴泰国后才知道，但我仍不知道她就是子帆的夫人。好像是2001年吧，我收到子帆寄赠的梦凌散文集《织梦的人》，嘱我写评，我这才恍然明白梦凌与子帆是一对文坛的神仙眷侣。

印象中我写了《有梦真好》的评论。子帆与我多次在国际研讨会上碰到过，那次去泰国时是否见过梦凌，我记不清了，只记住了梦凌这名字。年春节前，我突然收到梦凌来信，告知子帆因病去世的噩耗，这使我惊诧不已，悲痛之余，我在大年初一写下了《遥祭子帆》的悼文。

节哀顺变的梦凌不久接替子帆，出任《中华日报》的副刊主编一职，并化悲痛为动力，勤于笔耕，以慰先夫。

在参加文莱第六届世界华文微型小说研讨会前夕，我收到了梦凌寄赠给我的她的微型小说集子，感到特别欣慰。因为这是我读到的泰国华文文坛中第一本女性作家的微型小说集子，其价值其意义也就超越了这本集子的本身。

梦凌给她的微型小说集子起名为一个字的《结》，这“结”字，可当动词解，也可作名词释，有多种义项。我把此“结”解释为：与子帆乃结发夫妻；与文学乃结伴；与微型小说乃结缘。有此中国结，此生不蹉跎，有此如意结，此生不寂寞。

梦凌的30篇作品，我都一一认真读了，如果用一句话来概括之、评论之，那就是“审丑艺术”。梦凌的这30篇作品对人性的恶、人性的丑、社会的负面、社会的阴暗面做了无情的揭露与辛辣的讽刺：《博命》《赌注》是对好赌的赌徒的刻画，《招牌》是对虚伪的鄙视，《阿王和阿黄》是对虚情假意的鞭挞，《阿狗嫂》是对扭曲的人性的解剖，《名人》是对好名的针砭，《货真价实》是对弄虚作假者的警示，《别墅女主人》是对自轻自贱者的绝妙嘲弄，《长发女孩儿》是对审美差位的大胆讽喻，《天谴》是对爱情不忠者的当头棒喝……

应该说，《结》是集子中比较精彩的一篇，无论从结构上，从立意上，从情节到细节上，都有可圈可点之处。这实在是个中短篇小说的素材，但梦凌惜墨如金，用了分段陈述，跳过或者说省略了一系列交代，整篇也就极为精炼，有一种节奏感，有一种形式美感。

《坐禅》也是我比较欣赏的一篇，喜欢它的生活哲理，喜欢它故事背后的意蕴。母亲因为坐禅，一脸祥和，对世界似乎都看得很淡很透。当女儿发现丈夫有不轨之举而情急冲动时，做母亲的平心静气地劝说。然而，当坐禅的母亲发现真正有不忠之举的不是女婿，而是她先生时，她亦控制不住自己的冲动了，甚至比女儿更冲动。这让读者想得很多，有些事，非关切身，总两样。感情这东西，虽看不见，摸不着，可一旦来时，可能用任是禅呀理呀都压不住。当然，梦凌也许是在讽刺那些假坐禅、伪坐禅者。

《小蜜蜂》在写作手法上有独到之处，前面看似不经意的铺垫，引出小蜜蜂的期盼——等林嫂生下了孩子，就有空奶粉罐好换麦芽糖吃了。对于一个不谙世事的孩子来说，这是极正常的思维。于是把小蜜蜂的期望值吊得高高的，结果林嫂家因为穷，根本买不起奶粉，没有奶粉，哪来空罐，这一来，小蜜蜂的盼望一下子被现实粉碎了，这对一个孩子来说是近乎残酷的，可这是现实，活生生的现实。

从艺术手法来说，这就是落差，落差产生艺术冲击力，应该说这是一篇成功的微型小说。

《包青天》把戏内戏外穿插着写，有弦外之音，题外之意，而最后妻子与女儿的出走的真正原因，又不点破，留点空白，让读者意会，这比那些直抒胸臆、一览无余的作品要高明得多。

梦凌写了几十篇微型小说，这在海外华文作家中，特别是女性作家中算是不小的成绩。如果题材面能再拓宽些，再学学中国微型小说名家的一些写作技巧，我想梦凌在微型小说创作方面的潜力会更大的。

2006年9月14日

遥祭子帆

1月15日，我收到了一封海外来信，一看邮票上那大象邮戳，我就知道来自泰国，一看那信就知道是份贺卡。我在泰国有多位相熟相知的文友，只是这贺卡又是哪位文友寄来的呢，怎么信封上没落款?

拆开一看，是我好友子帆先生的太太梦凌寄来的，她在贺卡的留言上告诉我：子帆先生因患肺癌于2005年12月24日去世了。

这个消息真的是太令我感到意外了。因为子帆才59岁呀，作为一个作家，他还有好多作品要写，还有好多事要做呢。

回忆起来，我是1996年在泰国参加第二届世界华文微型小说研讨会时认识子帆的，这之后我们一直保持着联系，友谊与年俱增。转眼，就整整十年了，一位拥有十年友谊的文友说没就没了，我真是难以接受这残酷的现实。

子帆给我的印象，永远是那么清秀，那么书卷气，脸上永远挂着笑，且笑得那样自然，那样真诚。他虽然看起来文弱一点，但并无病态，上帝对他太残酷了些。

子帆是泰国《中华日报》文艺版“华园”的主编。在我们未见面前，他就向我约过稿，为了给1996年在泰国召开的第二届世界华文微型小说研讨会造势，他约我组织一些中国大陆的优秀微型小说作品与微型小说理论文章以待发表，以此为契机，我们有了书信往来。

子帆是诗人兼编辑。诗是他的主打项目，编辑是他的正业，小说是他客串的产品。诗人通常给人的印象是感情型的，但子帆似乎有点内向。他做事有条不紊，不慌不忙，心很细。

记得有次他到上海，我接到电话赶到上海去看他。同去的还有上海人民出版社的编辑林青与嘉定诗人柳易冰，闲聊了一阵后，子帆取出一本账本，说让我们把稿费领了，我一看账目，一笔笔清清楚楚，哪年哪月，哪个国家哪位作家发表了哪篇文章，稿费是多少泰铢，领或没领，一目了然。

因子帆主编的这份刊版是国际性的，发表过不少中国大陆作家的作品，有些作家子帆有过一面之缘，有些只是神交而已，他问我能否代领代寄？

我自然一口答应，我查了一下，凡我认识的，知道地址的，我就代签代领了。

凡我代领的，子帆都有一份稿费清单给我，子帆做事过细，可见一斑。

子帆还约我为泰国作家的微型小说写过评论，我前前后后写过多篇，我记得我曾评过梦凌的作品，但这次才知道梦凌是他太太。子帆的不徇私情，由此可见。

我最后一次见子帆是在2004年12月在印度尼西亚参加第五届世界华

文微型小说研讨会上。原以为今年在文莱的第六届世界华文微型小说研讨会上又能见面了，谁知雅加达的分手竟成了永别。

作为诗人，子帆出版了一本本诗集；作为作家，子帆留下了一篇篇作品；作为编辑，子帆编发了一整版一整版的文稿。推介过许多知名作家与冒升的新人。泰国的文坛、泰国的读者，乃至海外华文文学界的文友都不会忘怀这样一位诗人、作家、编辑。

子帆文兄，我获悉你的噩耗迟了，我的悼文也写迟了，但我的悼念之情出自心底。我在中国长江入海口的太仓，遥祭我的文友子帆，你一路走好。

你的朋友将永远怀念你。

2006年1月30日（初二）于中国江苏太仓先飞斋

子帆周年祭

古人用“光阴如箭”“白驹过隙”等词汇来形容韶光易过，儿时总觉太过夸张，因为那时只感到日子过得太慢太慢，老也长不大。谁料知天命之年一过，猛然省悟古人对时间的形容太是精当。

记得去年大年初一，我写下了《遥祭子帆》的悼文，转眼，一年过去了，子帆离我们远去竟整整一周年了，时间消逝之快真是稍纵即逝，抓也抓不住，除了感叹还是感叹。

说起来生老病死是人生不可抗拒的规律，但当好友远去冥国，阴阳两隔，总伤心不已。

著名诗人臧克家曾写过一首颇有名的诗叫《有的人》：“有的人活着，他已经死了；有的人死了，他还活着。”这看似大白话的诗句，其实蕴含着深刻的人生哲理。像子帆就是一个灵魂不死的诗人、作家，因为他走后，有许许多多的诗人同道、作家朋友、文学爱好者写下了他们悼念的诗与文。一年了，仍有那么多人还在怀念他，还在为他抒写追忆，子帆，你真的可以安息了，可以含笑九泉了。

说起来，我与子帆的交往，也只是在几次国际研讨会上见过面，平时的书信往来也因各自繁忙而往往只是说个三言两语，无非是稿子来稿子去，或互相寄本新出版的集子或新年新岁寄张贺卡，道声问候而已，但他那真诚、那热情、那谦和、那友善、那微笑、那宁静，那办事的认真，那办事的仔细，永远留在了我的记忆深处，抹也抹不去。

去年10月在文莱的第六届世界华文微型小说研讨会上，我见到了子帆的太太梦凌，没想到梦凌对她先生子帆的感情是那么深，不但继承起子帆未竟的事业，接替子帆出任了《中华日报》副刊编辑，还为子帆建立了专门的纪念网页，把海内外文朋诗友悼念子帆的诗与文收集起来，集中发表，以寄哀思。子帆有爱他如此之深之专的太太，人生还有什么可遗憾的呢！

也许，子帆还算不得什么大诗人大作家大名人，但他以他的处世为人，赢得了这么多文友、朋友的尊重、怀念，这多少给了世人某种启示：写好一篇文章容易，写好人生这篇文章不易啊！

子帆，你在天堂里如果寂寞的话，就写诗吧。有了诗，我相信你永远年轻，永远快乐！

2007年1月2日于中国江苏太仓先飞斋

悼泰国作家老羊仙逝

昨天下班前给杨玲发过一个邮件，今早到办公室打开电脑见有她的回复，不看则已，一看吃惊不已，万万没有想到泰国华文文坛著名老作家老羊仙逝了，不胜哀痛。我与老羊算不上深交，但1996年去泰国参加第二届世界华文微型小说研讨会时就见过面，我还评点过他的作品。

老羊是泰国华文文坛的资深作家、资深编辑，不仅写散文，还写小说、写诗，是个难得的多面手。他的作品都是编辑之余，忙里偷闲写出来的，多年来笔耕不辍，发表过不少有影响有分量的文学作品，出版过多本文学集子，在泰华文坛声誉良好，成绩有目共睹，无须我赘言。多年来，老羊还发现、扶植过多位文学后继，为推进泰国华文文学的发展、繁荣做出过重要贡献。

老羊的家庭教育也很成功，把女儿杨玲也培养成了作家，是个小说、散文、诗歌创作多栖的才女，印象中父女俩还联手出版过几本文学合集，成为泰华文坛的一段佳话。

老羊的大去，是泰华文坛的重大损失，也使我失去了一位值得尊敬的文学前辈。我想，你虽然走了，但你的作品会长留人间，你可以含笑九泉了。

杨玲文友，你父亲有90高龄了吧，已是耄耋之年，按中国传统，也算老喜丧了，请节哀顺变。

2013年9月13日于中国江苏太仓先飞斋

辑五／记忆难忘

石头剪刀布

“石头剪刀布”是一种古老的游戏，一种简单而实用的游戏，主要是小孩儿在玩儿，大人偶尔也会玩儿。在我儿时，是经常玩的。如遇到需要决出胜负，或谁先谁后，“石头剪刀布”是最公正最简单的裁决方式，也是所有小伙伴都认可的解决手段。因为没有暗箱操作，也几无作弊可能，凭的是运气，当然，也有若干智慧，有点儿心理学的成分，对孩子来说，就是对与你玩这游戏的小伙伴的了解，根据他的脾性、习惯，猜测到他可能出什么拳，一招制胜。一晃60年过去了，儿时玩“石头剪刀布”的情景，依然历历在目，记忆深刻。

印象中，在我读初中一二年级的时候，我们长埭弄的一拨小伙伴结伴去新浏河游泳。那时，家家有四五个孩子，我居住的长埭弄号称“子孙弄”“和尚弄”，意思是小孩儿特多，男孩儿特多。我是孩儿王，身后跟着十几个孩子是常有的事。因为我的家乡太仓是江南水乡，弄堂口就是致和塘，故而长埭弄的男孩几乎没有不会水的，捕鱼捉蟹，属家常便饭。

那次到了新浏河大桥后，看到有大人从大桥上跳水，或燕子式，或镰刀式，看的我们心痒痒，也想试试自己的胆气，挑战挑战自己。我是孩儿王，自然理应我第一个带头跳下去，做个示范，但住我家对门外号为“小白龙”的提出，他先跳。确实，在我们这一拨年龄差不多的小伙伴中，他是胆子最大的、最活络的。这时，比我小一岁的阿亮提出“猜丁东”，也即“石头剪刀布”的游戏。这个提议一出，谁都没有理由反对，一致通过。我就与小白龙猜丁东，我知道他喜欢用卷头说话，我就出布，果然我赢了。

当然，我们小伙伴中玩“石头剪刀布”是常有的事，“石头剪刀布”，各地叫法不一样，北京称“猜丁壳”，西安叫“猜咚吃”，上海叫“猜东猜”，苏州一带谓之“猜丁东”。这三个字，猜，不用解释，大家理解。丁，释义为人，也说得通。就是最后一个字，不太好解读。北京方言中的“壳”，说是指脑壳，引申为脑袋、头脑，勉强说得通。吴方言中的“东”，或者“动”“冬”“洞”“董”，都不好解释。也许是这原因吧，各地都认可的还是“石头剪刀布”。形象、直观，一目了然，人人都懂，老少皆宜。

关于“石头剪刀布”这游戏，有的说是中国人发明的，又有的人说是日本人发明的。

我认为，石头剪刀布这看似简单的游戏，其实蕴含了中国古老的相生相克的哲学理念，与中国传统文化是一脉相承的，起源于中国几乎是铁定的。而日本，应该是个传播者，因为西方人了解的石头剪刀布，可能更多的是从日本那儿知道的，他们就误以为是日本人发明了这游戏。

如果翻翻古书，《全唐诗》有一首《招手令》，就是描写这类游戏的。明万历年间的浙江人谢肇淛撰写的博物学著作《五杂俎》，就写到猜拳的传统可以追溯到汉朝的手势令与划拳。这应该是“石头剪刀布”的前身。《红楼梦》第六十三回中写到：“彼此有了三分酒，便猜拳赢唱小曲儿。”《水浒传》第一百零九回写到：“猜拳豁指头，大碗价吃酒。”清乾隆年间的文学家、史学家赵翼写过这样的诗句：“老拳轰拇阵，谜语斗阄戏。”

有意思的是，这种古老的游戏吸引了不少成年人投入其中，从心理学、策略学、博弈学、概率学入手，寻找依据，有研究者声称，已找到玩游戏“石头剪刀布”的必胜秘诀。还有人运用到商战上，还有人操办国际性的“石头剪刀布”比赛，还有人写出了洋洋洒洒的论文。

而对我来说，“石头剪刀布”有着儿时的记忆、儿时的乐趣，仅此一点，就足够了。

湖　笔　情

从学生时代起，每当填表，在“祖籍”一栏，我会自然而然地填上“浙江湖州”。虽然我并不出生在湖州，也没有去过湖州。但我知道，我父亲出生在湖州，从小在湖州长大、生活。

儿时，湖州对于我来说，是一个模糊的符号，唯一能有记忆的就是湖笔。因为从小听父亲说，湖笔、徽墨、宣纸、端砚，而湖笔居文房四宝之首。说老实话，儿时的我，徽墨、宣纸、端砚都没有见过，但湖笔家中倒有好几支呢。

父亲是个老式文人，只爱读书，不善交际，20世纪40年代时，也舞笔弄墨，写点小文章，赚点小稿费。20世纪50年代后，因自知思想老派，跟不上趟，就搁笔不写了。但每逢过年，弄堂里的老邻居总会来请他写几副春联，我父亲的毛笔字，行云流水，很是潇洒。平素里，偶尔也有乡邻请他写信。父亲很少用钢笔书写，喜欢用毛笔一挥而就。也许是这个原因吧，家里的几支湖笔是他的宝贝，轻易不让我们碰，似乎我们一碰就坏了。

读小学时，我用铅笔，后来用蘸水钢笔，再后来用圆珠笔，那年月又不提倡书法，我们用毛笔的机会几乎等于零，湖笔成了父亲的专用。

1971年，我去了苏鲁豫皖交界处的煤矿，一年回一次家探亲，与父亲见面的时间少了。开始几年，父子见面，他就问问煤矿的事。

到了20世纪80年代，不知是否遗传基因起作用，我不知不觉中喜欢上了文学，做起了作家梦。我在徐州时，了解到凌濛初63岁时曾任徐州通判。记得小时候听父亲说过，我们是凌濛初的后代，我利用回家探亲的机会，问父亲关于凌濛初的事。父亲心有余悸，不愿多说。在我的不断追问下，才挤牙膏似的挤出来点。我大概知道了，我们系元代湖州凌懋翁的第四个儿子的后裔，从凌敷、凌震、凌约言、凌迪知，到凌濛初，祠堂在湖州织里镇的晟舍，我父亲原来住湖州的衣裳街，可惜，老宅的房子在抗战时，被日本人的飞机炸了……

从那以后，我关注起了湖州。

1982年时，我在上海教育学院中文系读书，我利用星期天匆匆去了一趟湖州，去了衣裳街，去了飞英塔，去了陈英士墓等。我知道善琏镇的湖笔是最有名的，可我没有时间专程再去善琏镇，就在湖州市内买了几支湖笔，带回了太仓。我希望父亲能再拿起笔，再写写春联。

父亲见我带回去送他的湖笔，开心得像个孩子似的，好像是一份大礼。我每年从微山湖畔的煤矿回去探亲，总带两旅行包虾干，还有红枣、花生等太仓很难买到的土特产，他都是淡淡的，没有多少反应，也从没有夸我表扬我。要知道长途带回来那几旅行包美食，是很艰难的，而几支湖笔，体积小，好拿，又不贵，轻轻松松就能带回来。我知道我的礼品送到了父亲的心坎上。

父亲果然又开始写春联了。父亲可能是太高兴了，无意中说漏了嘴。他说，湖笔最好最正宗的当数善琏镇王一品斋笔庄的羊豪笔。我听进去了，我想等我毕业了，有时间了，我干脆陪父亲去一趟湖州，去一趟善琏镇，让他自己挑最满意的王一品斋笔庄的湖笔，算我儿子的一份心意。谁会想到，就在我毕业考试的那天，接到家中电话，父亲心脏病住院了。我连忙从学校赶回太仓，在医院里陪了几个晚上，但父亲，还是走了。

我是个很少流泪的人，但父亲大去的当天晚上，我的眼泪无声地涌出，止都止不住。我痛悔自己晚了一步，没有在父亲生前把他最喜爱的王一品斋笔庄的湖笔买了送给他，了却我的一个心愿，也了却我父亲的一个心愿。虽然那年月没有快递、代寄，但我本可以通过朋友的朋友，请人去买王一品斋笔庄的湖笔，再寄来呀。哎，我真笨。

当我终于买到正宗善琏湖笔时，父亲已入土为安了。我把湖笔供在了父亲的墓前。轻轻地对父亲说："爸，您最喜欢的湖笔，我给您送来了！"

父亲仙逝很多年了，因了父亲的关系，湖州与我亲切了起来，距离越拉越近，后来我去了多次湖州，湖州不再是个模糊的概念，湖州在我心中变得具体起来，清晰起来，我去了善琏，去了织里，去了南浔，吃了丁连芳的千张包子、褚老大粽子，喝了顾渚紫笋茶，游了铁佛寺、嘉业堂藏书楼等，买了善琏的湖笔，带回了湖州雪藕、长兴白果，也写了关于湖州印象，关于我祖上的文章，在《湖州日报》《湖州晚报》先后发表过。

如今，我也喜欢上了湖笔，虽然我的毛笔字还一般般，但我固执地认为，湖笔就是比其他的毛笔用着顺手。我的家属晚年拾起了年轻时的绘画爱好，画起了花鸟画，我慎重地向她推荐湖笔，她一用也喜欢上了湖笔。

湖笔，在我们家里有了特殊的情感。

张溥是朱家角的女婿

游览青浦朱家角时，买了本上海古籍出版社2000年9月版的《珠里小志》，这是清代时朱家角的乡贤周郁滨撰写的一本乡镇志。回来后，我饶有兴趣地翻读了起来。竟在卷八读到了“按元初张瑄、朱清督理海运，招致海舶，太仓称为六国码头”等，我立时兴趣大增，细细阅读了起来。功夫不负有心人，我在卷十三，意外地又读到了一段关于张溥的文字。“张溥，字天如，太仓人，为珠里陆氏婿。少时常在甥馆，所读书必手自抄录，有录至六七过者，故名其斋曰‘七录’。崇祯四年成进士，改庶吉士，乞假归，与同里张采创复社，里人陆文声，闽人周之夔忌之，指为党魁。提学御史倪元珙、兵备参议冯元扬 ，太仓州知周仲琏、巡抚张国维等申救，元珙诸人皆被斥。及溥巳卒，事犹未能竟，屡诏诘责。采奏溥未服官，怀忠入地；而御史刘熙祚、给事中姜埰亦交章言溥砥行博闻，所纂述经史，有功圣学，疏上，事始得解。溥诗文敏捷，对客挥毫，俄顷立就，以故名高一时，卒年止四十。”

《珠里小志》成书于清代嘉庆年间，距今200年左右，编撰者周郁滨是一个长期生活在家乡的诸生，《青浦县志》称他“不营名利”，他与张溥既无亲戚关系，又无师承关系，因此他的史笔更具真实性、客观性。

从《珠里小志》的这段文字记载可知。陷害张溥的，不但有太仓人陆文声，还有福建人周之夔。所谓树大招风吧。读此文后，我一则为太仓出陆文声之流的小人痛心，一则又为张溥为家乡为前辈欣慰，因为主持正义，援手张溥的不在少数，且一个个有名有姓，有官职，看来绝非虚言。张采、姜埰等文化人与张溥同声相应，同气相求，这好理解，没想到太仓的知州、提学御史、兵备参议、巡抚等大大小小地方官都为营救、平反张溥而甘冒上峰斥训之险，委实难得，也从一个侧面说明了张溥的影响，以及他的人缘、人气。

《珠里小志》里还有一则涉及张溥的逸事，也颇有趣味。且抄录如下“时有僚婿某官总兵，意气傲岸，天如时为诸生，某视之如蔑如也。后天如入词翰，乞假归道，经某地，总兵适任于此。明季重文轻武，词苑声望尤重，总兵戎服谒见，亲为巡更。天如因作小诗寄外氏，有‘碧纱帐内一书生，卧听元戎击柝声’句，传为佳话。”

以我看来，这位总兵还是很可爱的，他对有成绩有声望的文化人还是敬重的，因为身为总兵，亲为巡更，并不是人人都能做到的。

在《珠里小志》上，能读到张溥的些许文字，也是意外收获。

2004年2月22日

向尹家五兄弟致敬

我这人轻易不流眼泪，记得当年看电影《卖花姑娘》，电影院里哭声一片，我却无动于衷，大概我觉得看戏掉眼泪，替古人担忧不值得吧。

前天晚上，我看电视换台时，无意中换到江苏电视台，正在播一个关于桥的纪录片，没想到一下子把我吸引住了，不但看到了结束，还情不自禁地流了眼泪，流了一次又一次眼泪。这是一种真正意义上的感动，没有丝毫矫情的成分。因没有看到片子的开头，我愣没闹清这故事发生的地点，只知道这是一个真实的故事，某穷乡僻壤的尹家五兄弟儿时就有一个梦，即在自己居住的村庄前的河上造一座桥，为了圆这个梦，兄弟五人20世纪90年代初到南京打工，干的是每天都在12小时以上的挖土方的苦力活，加上省吃俭用，前后五六年时间，兄弟五人共挣了23万元，带着出娘胎以来从未见过的一大包钱，兄弟五人回到了生他们养他们的老家，实施起了建桥的梦想。

哪想到天有不测风云，桥造到一半，突然山洪暴发，把即将竣工的桥冲垮了，已投入的14万元顷刻之间打了水漂。如果是一般人，肯定要打退堂鼓了，但尹家五兄弟不愧是五条汉子，决定继续造桥，剩下的9万元不够就外出借贷。不知老天是否故意想考验考验他们的决心与诚心，第二年山洪竟提前暴发，再次把即将竣工的石桥又一次冲垮了，十几万元钱又一次被冲了个一干二净，唯听到一声巨响而已。

这种打击实在太大太大，但就是在这样沉重的打击下，尹家五兄弟没有后悔、没有退却，连尹家五兄弟的五个媳妇也没有多少怨言，这多难得啊。而假如当初不造桥，这23万元对于住在穷困的山村的他们来说，就像一笔天文数字的巨款，这是一个多大的诱惑啊。可以想象这笔钱如果放在改善家庭生活方面，可做出多少事啊。而事实上，尹家五兄弟家家急需钱呐，老房年久失修，急待翻造；媳妇多病，急待医治；孩子上学，急需用钱。但尹家五兄弟的心里，除了造桥还是造桥。仅仅沉默了半年，在家庭会议上，造桥的决议再一次全票通过。他们外出借贷，能借的亲眷朋友，方方面面都借遍了，并请了当地最有名的造桥师傅，第三次上马造桥，五兄弟全家老老小小，男男女女全都上阵，抬石的抬石，运沙的运沙，拌浆的拌浆，功夫不负有心人，前后花了十年的时间，不，花了五兄弟十年的心血与全部的家财，终于在2002年7月初步造成了一座多孔的石桥，经有关方面验收，设计科学，造型美观，可载重10吨。

如今桥是建成了，但尹家五兄弟却为此背负了30多万的债务，至今还有10多万要还。为了还债，尹家五兄弟还得节衣缩食数年才行，为此，五兄弟中有两位再次毅然踏上打工之路，打工的钱不好挣. 为了信守承诺，早日把债还掉，尹家的媳妇还去卖血。

听了这个感人的故事，一定有读者以为我是在虚构小说，其实，这是真实的故事，没有半点儿编造和夸张。江苏电视台在《服务先锋》的栏目里，把尹家五兄弟、五位媳妇，甚至他们的孩子都邀请到了演播现场。我看得清清楚楚，现场的嘉宾与参与者几乎个个都淌下了眼泪，而主持人一点儿没有故作煽情，实在是事实本身太令人感动了。

造桥，使山里与外部世界连接起来，这是他们祖祖辈辈想实现而未能实现的梦，这个梦，在尹家五兄弟手里实现了，这真是功德无量啊。可尹家五兄弟中的老大很实在地说："方便了自己，也方便了大家，再苦再累，值！"

尹家五兄弟自始至终没有说过一句豪言壮语，但在我的心中，尹家五兄弟是真正的男子汉，我从内心深处发出"向尹家五兄弟致敬"之声。

永远的马丁·伊登

如果有人说我是书虫，哪怕含有贬义讥讽味，我也不会生气。因为我早把自己自嘲为“快乐的书虫”。

从小学起我就爱看书，近四十多年来，我到底读过多少本书，实在难以统计，或者说根本没法统计清楚。不过其中有几本书因留给我印象太深，至今记忆犹新。

最难忘的恐怕是杰克·伦敦写的《马丁·伊登》这本书了。印象中拿到这本书是在20世纪70年代后期，那时我二十多岁，是个文学青年，正一厢情愿地做着我的文学梦。那时，我最崇拜的是托尔斯泰、契诃夫、巴尔扎克、梅里美，以及鲁迅等中外作家；那时我正偷偷地在写诗写小说，试图敲开文学之门；那时我已积稿盈箱，自己编定了自己的手抄本诗集《一粟集》《敝帚集》等；那时我拼命读书，只要能找得到、借得到的各类书籍，都会如饥似渴地读着。要知道，在那时的微山湖畔的煤矿，找一本书比现在从地上捡一张百元大钞还难。但鱼有鱼路，虾有虾路，物以类聚，人以群分，我在与书友交换读书中得到了一本《马丁·伊登》，这本书是从谁处交换来的，我已记不得了，只记得书已很破旧。一是出于爱护书，二是出于怕被别人发现我在读此书，因此给书包了个封面。这样，就可心安理得阅读之、享受之。

杰克·伦敦这本书带有自传体性质，描写了资本主义社会中一个青年作家个人奋斗的故事， 是以马丁·伊登自杀而告终的一个悲剧故事，但这个故事打动了我，不，是震撼了我——因了马丁·伊登坎坷的命运，因了马丁·伊登坚持奋斗的精神，因了社会对他的不公与捧杀，因了世俗对他的炎凉。尽管读这个故事已是三十多年前的事了，尽管那本书可能早就化为灰烬了，可我依然能大略记起故事梗概——水手马丁·伊登酷爱写作，他的许多篇作品寄至世界各国的报刊编辑部，但一个无名小卒的稿子，要发表谈何容易，退稿、退稿，还是退稿，甚至如泥牛入海，杳无音信，编辑大人连回封信的兴趣也没有。

这位青年才俊在埋头写作的同时，认识了贵族小姐露丝，他对露丝小姐产生了感情，但鉴于他卑微的身份，上流社会怎么能容纳他呢，最后在露丝家庭成员与亲属的一致反对、阻挠下，棒打鸳鸯，吹灯拔蜡。

没想到时来运转，后来马丁·伊登的一篇稿子因观点新颖、激进，被选发了，更没料到的是竟一炮走红。这之后，编辑约稿不断，他名声大噪。从此，马丁·伊登的作品成了各报各刊的抢手货，他名利双收，成了当时著名的大作家。

功成名就后的马丁·伊登受到了方方面面的礼遇，甚至连早年离他而去的露丝也再度回到了他的怀抱，可他抱着投怀送抱的露丝，却像抱着一段木头，毫无当年那种激动人心的感觉，因为他知道：露丝的出现，是露丝家族策划的。他们看中的不是他马丁·伊登这个人，而是他身外的虚名与金钱世界，因为马丁·伊登从发表第一篇文章起就再没写过一篇文章，哪怕一个字，他后来发表的作品全是他早年写的旧稿、退稿，或抖抖灰尘，或重抄一遍再寄出去而已。他还是他，与早年的他一点儿没变，所变的是有了名与利。真是奇怪，有了名后。约稿一日多于一日，评价一日高于一日，直到马丁·伊登把抽斗里、床垫下、蚊帐顶上，能找得到的旧稿、宿稿全部发表光为止。

马丁·伊登的自杀，有他深刻的社会原因，表达了作家深层次的思考。

我当时年龄还小，没有很好地去理解杰克·伦敦的深层思考，只是感动于故事本身，从马丁·伊登身上看到了一种自强不息的奋斗精神，领悟到了只要咬定目标不放松，就有成功的可能。特别是马丁·伊登一篇打响，篇篇走红的故事，更使我激动不已，既然榜样在前头，那就学呗。马丁·伊登能做到，为什么我不能做到。我相信必有一位编辑会像发现马丁·伊登一样发现我，像为马丁·伊登发表第一篇作品一样发表我的处女作。我信心倍增，创作劲头更强了，也终于开始向外投稿了。

1980年底，我的处女作终于在《新华日报》上首次变成铅字，以后果然一发而不可收，发表篇数逐年增多，累计已发表了近三千篇作品。我不想说我的这些成绩完全是因为《马丁·伊登》这本书，但这本书当年对我确实产生过影响，感谢这本书曾给过我的鼓励，感谢杰克·伦敦！

前不久，因家里越来越多的书籍实在没有地方放了，只好整理一下，淘汰一部分，有些过时的、再不会去翻看、又没有收藏价值的，就清出了书橱。当我翻到了久违的《马丁·伊登》这本书时，尽管书已陈旧，但我不忍心割爱，捧读这本书，一时想到很多很多。

看来，经典好书不但不会被时间淘汰，还会像上等佳酿般越存越香。我由衷地想说："永远的杰克·伦敦，永远的《马丁·伊登》。"

徜徉在王小波的精神家园

我这人不大肯跟风凑趣，所以当媒体大捧特捧王小波小说、杂文时，我并未闻风而动。

近日，儿子从大学回家时带回来一本王小波的杂文自选《我的精神家园》。我随手翻了翻，这一翻竟难以释手，我一篇一篇地读下去，忘了节假日是我的爬格子日。读完这部20万字的杂文选，已是华灯初上了，但我的整个情绪，整个思想还沉浸在王小波用语言砌成的精神家园里。

这是本有见解有文采的好书，这是本与一般杂文集不太一样的杂文选本。

我一度迷恋于杂文，虽然现在很少写杂文了，但仍喜欢读杂文，在我读过的杂文集中，不乏有有胆识有真知灼见的好作品，但通常总有两个弊病，或掉书袋，或点到为止，不痛不痒。王小波的杂文则率真爽直，有话则说，不吐不快，读上去更痛快淋漓。另外，王小波在海外待过，因此他有了东西方文化比较的话题与东西方文化比照的便利，或者说他的视野更广阔，他的观点也常常更深刻、更犀利。

或许王小波是个自由撰稿人，他可以摆脱许多束缚，以一个真正自由思想家的角度去思索、撰文。这就使他少了某些杂文家的顾虑，少了落笔时投鼠忌器的小心，多了一份秉笔直书的畅快与纵横捭阖的气度。他写出了对我国文化、艺术、社会等等方面的真实想法，渗透着一种批判精神、自省精神。总之，王小波是个正直的、有良知的，有战斗精神的杂文作家。

小镇上的残障作家蒋金芳

认识蒋金芳纯属偶然。

深秋的一个上午，我的几位画家朋友与收藏界朋友，邀我同去吴江市的芦墟镇。起因是从事收藏的高先生最近觅到了王时敏的砖雕对联。

王时敏乃明末清初的大画家，有“国朝画苑领袖”之称，被誉为“娄东画派”四王画的领军人物。王时敏系江苏太仓历史名人，因在邻市发现了王时敏的相关文物，太仓的文化人当然大有兴趣，他们邀我同往，是希望我写篇考证文章。

车是到江浙沪三省交界的芦墟镇，才知道他们事先并未联系好，只是知道砖雕出自芦墟镇而已，得去老宅老屋打听寻访，这岂不有点儿大海捞针的感觉。

也是我们运道好，在热心人的指引下，我们找到了写《芦墟镇志》的张舫澜先生，他是当地文化界的老法师，我与他虽未见过面，但曾同时被评为苏州市十大藏书家，所以他对我的情况很熟悉，拿出了十二分的热情。在他的带领下，我们得以参观考察了袁家、陆家、沈家等几家大户老宅。

在走至东南街时，张舫澜对我说："这条街上还有个你的崇拜者呢。"

我以为是我的一位读者，也没太在意，到了这条街的沈家老宅前，那门口有个皮匠摊，一个中年男子正在专心地补皮鞋，这是小镇上常见的手艺人，如果不是特别提醒，一般不会引起人们的注意。

这时，张舫澜对那中年人说："蒋金芳，你崇拜的人来了。"

只见那中年人放下手头上正在补的皮鞋，抬头朝我看了一下，只看了一眼，就惊喜地叫道："你是凌鼎年老师！"

这使我也吃了一惊，在这偏僻的小镇上，竟有一位补鞋匠能认出我，脱口叫出我的名字，这确乎使我颇感意外，而更让我感到意外的是，这位叫蒋金芳的补鞋匠还是位残障人士。

据张舫澜介绍，蒋金芳爱好微型小说创作，特别注意我的作品与创作动向，还收集我的作品与书籍，对我的照片已烂熟于胸，所以一眼就认出了我。

与这样一位生活在小镇上、生活在社会底层，却在关心着自己作品的读者不期而遇，我不能不大为感动，我主动提出与其合个影，因蒋金芳腿有残障，站立不便，我就找了个小凳子，坐在他边上，看他笑得那样灿烂，我也很开心。

我给了他一张名片，他取出一本《微型小说选刊》，小心翼翼地把它夹在里面。

临别，我对他说："有好的微型小说作品可以寄给我。"

三天后，我收到了他的来信，一手钢笔字写得劲遒潇洒，附了三篇作品来。

后来我才知道，原本他是丹阳人，但到芦墟镇已经30年了，因腿有残障，初中毕业的他就以补鞋谋生，自食其力。补鞋之余，就读读微型小说，写写微型小说，他已在《新华日报》《苏州日报》《文化新世纪》《江苏工人报》《吴江日报》等报刊上发表了数十篇微型小说。他说，他还准备结集出版自已的微型小说，说希望我为之作序，我欣然应允。

相逢是缘，更何况以微型小说为媒。

蒋金芳的身体上确有残障，但他的心灵绝对健全健康，他生活的天地虽然不大，但他思想的空间、追求的空间却很大很大，就为了他的这一份追求，我要向他致敬。

文坛的同名同姓

中国的姓名，姓是姓，名是名。姓，永远不变，名，千变万化。特别是古人创造出的辈分，很有科学性，易于查考，而且还不易重名。

如果是单姓，重名的概率就高了。譬如当今文坛大家王蒙，这在海内外文坛，在华人读者群中，可说是个无人不知的响当当的名字。但稍有点儿绘画知识的人都知道，在元代时，我国有个著名画家也叫王蒙，他是元四家之一。好在两人虽同名，已隔七八百年，且一个领衔画坛，一个领军文坛，不会有啥尴尬。

如果同在文坛，同为作家，又同时代，那多少会有点儿麻烦或尴尬的。

例如20世纪五六十年代时，我国文坛有两个李准，且都是文坛翘楚，以致读者来信寄错人是常有的事，后来其中一个李准把准字改为繁体字的“凖”，以示区别。

到了20世纪80年代，出现了两个陈冲。说实在的，我发作品当作家也二十多年了，可我依然没搞清两个“陈冲”到底哪个是哪个，只知道一个是在河北的，写小说的，挺有名的，直到2002年在海南南岛参加中国小说学会的第七届年会碰到了陈冲，才弄清了其中的一个，本想问他另一个的情况，但想想又作罢了。当然，知名度更大的那个陈冲是电影演员，幸好是个女的，不会搞错。

有意思的是我们江苏近年出了两个作家均叫陈武，且都常有作品发表，有些杂志在作者姓名前标上（江苏），结果外地读者怎会知道江苏有两个写小说的陈武呢！我认识其中一个陈武，连云港的，现已是连云港作协副主席，他写的中短篇小说常上大刊物，势头极好。另一个陈武好像是淮安的，我只听说其名，读过其作品，还无缘认识。不过也是位有实力的作家，两人的作品互为宣传，倒也有趣。

我最熟悉的同名同姓的作家要数奚旭初了，一个是我们太仓市文联的副主席奚旭初，他是写中长篇小说的，在江苏文艺出版社出版过长篇小说《天道无私》，在南京开过作品讨论会；还在远方出版社出版过长篇小说《落叶无声》；在大众文艺出版社出版过长篇历史小说《况钟传奇》。另一位奚旭初早年与我一起在微山湖畔的大屯煤矿干过，他在一个煤矿学校当英语教师，业余写言论稿，20世纪90年代中期调回家乡常熟，现在《常熟日报》供职，依然写他的言论稿。这位奚旭初最大的特点是勤奋，思想敏锐，每年有大量的言论稿散见于各报各刊。《人民日报》《光明日报》《工人日报》，任是大报都有他的言论稿发表。因为都是苏州地区的，苏州地区的报刊也就常有署名奚旭初的文章见报见刊，读者哪分得清太仓奚旭初与常熟奚旭初。因为两人都是我朋友，我曾试图促成他们见面，但终因常熟奚旭初一贯的低调，未能两奚见面，成一段文坛佳话。后来我专门写了一篇文章，谈太仓奚旭初与常熟奚旭初。

大约从21世纪初开始，浙江渚暨的海飞在文坛迅速蹿红，获了上海文学的奖，《文学报》等接连介绍，此后，大刊大报接连发他的中短篇小说，势头之好，让人刮目相看，如今已调到浙江省作家协会去负责主编《浙江作家》一书了。但据我知道，北京还有一位叫海飞的作家，乃老作家，著名作家，不知同名同姓是否给他们带来过麻烦与烦恼。

我还有位文友叫金波，从大别山到北京的，以写微型小说和故事为主的作家，名列微型小说百家。我听说另一位叫金波的作家是写儿童文学的，颇有名的，还上过中央电视台的“东方之子”节目。更有意思的是还有位耍笔杆子的金波，乃《浙江日报》杭州分社副社长、杭州记者站站长，也常常有文章发表。一般读者哪分得清呀。

我还知道有位女作家笔名为素素，《大连日报》的高级编辑，系中国作家协会会员、中国散文学会会员、辽宁省作家协会理事、辽宁省散文学会理事、大连市散文学会副会长，还是大连市作家协会副主席，算是颇有文名与地位的作家。但有人告诉我叫素素的作家至少有两位，我注意了一下，果然还有署名素素的作品发表，似乎不像是出自辽宁的那位名家之手，但具体情况却不甚清楚。我还因为常能收到海外的文学刊物，看到海外也有署名为素素的作品发表，实在闹不清他们到底是同一个人呢，还是国内有国内的素素，海外有海外的素素。

前年出版了一本署名为王朔的书，卖得很火。王朔说是冒他名，结果作者声明她是女王朔，并有身份证作证。你男的能叫王朔，女的就不能叫王朔吗？你男王朔出了书出了名，我女王朔就不能出书出名吗？还真拿她没办法呢。也算当今文坛的一个小插曲、小笑话吧。

我庆幸我爹娘给我起了这个名字，虽然不少读者从我名字“凌鼎年”三个字猜测，误以为我是个七老八十的前辈，但至少至今还未见过有重名的。

我写杂文时，往往用笔名“丁年”，但只见过一个版画家也叫丁年。如果有人以此认为我也会作版画，那是抬举我了。我不想掠美，郑重声明我不会作版画，不过，我对国画倒是蛮有兴趣的，说不定日后会拜师涂鸦几笔。

辑六／桑梓钩摭

石田精神真大家

我不是画家，也不是书法家，只是个业余的作家，但交结了一拨书画家，平素里有所往来，或一杯清茶聊聊天，或三两好友赏赏画，曾经也组织过几回书画笔会，观摩朋友挥毫泼墨，偶尔也去过拍卖会，领略一下书画行情，算是增加素材吧。

记得我的小说，多次以书画为题材，以书画家为主角，写到过娄东画派，写到过虞山画派，写到过吴门画派，有评论家把我的小说归类到“文化意蕴小小说”，可能是这个原因吧，有文友以为我懂画。记得有一次参加外地的笔会，有位作家兼画家的文友与我闲聊，说起了“四王画”，说起了八大山人，说起了扬州八怪等话题，这位朋友对八大山人、扬州八怪等颇多赞美之词，对“四王画”则有些不敬不屑。我不想与之争论，就借用了一位老师在电视节目里说的：“四王画乃中国画的正脉，说中国画绕不过娄东画派。”

这位朋友知道我是太仓人，就问我："那娄东画派与吴门画派孰优孰劣？"我答曰："这里有继承、借鉴、扬弃等多种因素，各有各的存世价值，不宜用简单的优劣来评判。"我顺着他的话头，反问，"那你对吴门画派的沈周、文徵明、唐寅、仇英这"明四家"怎么评价？"

他脱口而出："肯定是唐伯虎名气最大，文徵明次之，仇英与沈周就不好说了。"

我说："我不能苟同。你是否电影、电视看多了，要知道，社会知名度与艺术成就不一定成正比。"

朋友听出了我的话外之音，有点儿不服地说道："你知道唐伯虎的画如今在拍卖会什么价位吗？"

我说："论艺术成就，沈石田是吴门画派的开创者。吴门画派沈石田领衔，再文徵明，再唐伯虎、再仇十洲，这不仅仅是年龄的排列，也是对艺术的一种评判。"

因为这次一个小小的争论，使我想起了名大于实，还是实大于名的命题来，这在文艺界、文学界普遍存在着。沈石田应该属于实大于名的画家。

在中国，一个艺术家的社会知名度固然与艺术成就分不开，但往往与其社会地位也大有关系。唐宋以来的不少大画家、大书家、大诗人、散文大家都身居高位。明四家，都不是大官，但唐伯虎因了点秋香的故事，家喻户晓；文徵明出身书香大户之家，又与祝枝山、唐伯虎、徐祯卿并称"吴中四才子"，名声自然也不小；仇十洲因了临摹《清明上河图》引出的真伪之争，以及画画春宫画等，在民间也颇有知名度。相比较而言，沈石田乃最纯粹的艺术家，与官场无涉，与豪门无涉，一生专事书画，少于花花草草的绯闻、小道及街谈巷议。

从做人的角度讲，沈石田的人品也是值得敬重的。印象中，我碰到一位收藏家，收到了一幅启功的书法作品，叫我们几个来鉴定、欣赏。有人故意说：启功的书法仿作甚多。收藏家马上说："有启功的落款与印章，百分之百开门货。"那位朋友话中有话地说："启功为人随和，有买到赝品的，请启功掌眼，启功说'比我写得好'，言罢还给盖章呢。"他还说这种胸襟，古今中外，绝无仅有。我忍不住说："据我知道，沈石田比启功更宽容、更豁达，有人拿冒他名的书画，请他题词盖章，沈石田并不生气、发火，而是淡淡地说'别人也要吃饭嘛'。"

更让人敬重的是，沈石田的画，不是单为君王画的，不是单为权贵画的，不是单为金钱画的，不是单为虚名画的，平民百姓、贩夫走卒向他求画，他也画、也送。不像有些被捧得很高的画家，每张画都有润格，一尺是一尺的价，两尺是两尺的价，一分价钱一分货，少一个铜板都不行。譬如，钱给少了，有虾画半只的逸闻。两相比较，沈石田与之人品的高下立判。还有些画家，会用画用诗送给当官的，以求谋个一官半职，比之沈石田这种闲云野鹤的心态，又差了一个档次。

我的父亲，写得一手好书法，我曾写过一篇题为《父亲，一位老式文人》的散文，他当年还是有点儿收藏的，主要是书画，有立轴，有斗方，有扇面。可惜之后由于种种原因都不复存在了。

那时候，我还不大，十五六岁，说懂不懂，说不懂以为啥都懂，懵懵懂懂的，不懂书画，对书画也无所谓感情，但我至今隐隐约约记得那些失去的画轴上，有"仿董巨""仿松雪""烟客""麓台"等字样。若干年后，我姐认定那是王时敏、王原祁的画，至于是真迹，还是后人临摹，就不得而知了。后来我年岁大了，喜欢上了书画，回忆当年失掉的画，依稀记得有"石田"字样，但系落款，还是"仿石田笔意"，我真的记不切了。不过，我觉得那些画似乎更接近沈石田的笔路。因为我感觉不像"四王画"那样小写意，那样兼工带写，笔触更劲遒、更内敛，带有几分粗犷，几分古朴，画意更苍茫、更高远。

按我现在的审美，我愈发喜欢沈石田的画，喜欢他的简，喜欢他的静。他的画不像“四王画”那样繁复，那样中规中矩，常常逸笔草草，神形俱现。最主要的是沈石田的山水无不野逸静美，没有丝毫的火气，没有丁点儿的俗气，体现出画家的心是静的，更是净的。欣赏石田的画，是一种学习，是一种享受，有一种熏染，有一种陶醉，平心静气，优雅贵气。

和平的年代，人们往往倾向于推崇平和、冲淡的“四王画”，而以沈周为代表的吴门画派是宋元到明清画的里程碑，承上启下，功不可没。观石田的画，远山、近水，茅屋、小桥，古松、老柏，骑驴行人、拄杖老者，一派祥和，几多宁静，百看不厌，越看越喜。我还偏爱沈石田画上的题词题诗。率性而真实，自信而潇洒。

行文至此，以一首打油诗作结。

吴门画坛竖大纛，
开宗立派一宗师。
布衣神仙任我行，
石田精神传百世。

浏河乡贤张隽人

张隽人何许人也？对今天的新太仓人和对太仓的年轻一辈人来说，可能很陌生，但对老浏河来说，特别是上了年岁的古稀之人、耄耋老人来说，不但熟悉张隽人，还很怀念他，因为当年有不少老浏河的乡亲受过他的关照与帮助，对他记忆犹新，回忆起这位浏河乡贤，有一种亲切感。

张隽人，1905年出生于浏河镇一个寒儒之家，原名沈承烈，后与浏河镇富商之女张德英订婚，入赘张家，改名张隽人。

张隽人接受的启蒙教育都是在浏河。14岁那年由岳父安排，进上海杨庆和银楼当学徒去历练人生，18岁时考入中国保险公司担任文书。因齐卢之战爆发，公司解散而失业。19岁时，张隽人又凭本事考入中华书局。之后，在上海几家文化单位做过多年文员。

1933年5月，因岳母病逝，张隽人辞职回乡，继承张家祖业。因他在上海滩见过世面，又热心地方公益，如兴办义仓，赈济贫民，颇有口碑。在1937年时，被乡民们公推为浏河镇的镇长。当镇长没几个月，淞沪战事发生，临近上海的浏河常遭日寇飞机的轰炸，非常危险，出于安全考虑，张隽人率浏河的数百名乡亲乘船逃难，先避于无锡的荡口镇，因为已从太仓迁居到无锡的唐文治是其姨父，一起借当地的庙宇开办了第16难民收容所，安顿四乡难民。淞沪抗战失败，无锡也沦陷，张隽人带领余下的部分浏河乡亲避难到安徽郎溪县梅渚镇外河道的港汊中，避难期间，日常吃喝开销，均由张隽人提供，终因耗费日甚，坐吃山空，不得已，在第二年四月带领乡亲回到浏河。

日本人认为张隽人在浏河有威信，逼他出任伪镇长，张隽人在民族大义上绝不含糊，坚决不肯当汉奸，宁愿避居上海租界，靠变卖家产度日。

张隽人对子女的教育很有一套，几个孩子都很有出息。长女张柔娴新中国成立后在中国国际电台工作，参与“万隆会议”“雅加达会议”的报道。长子张培基读的是北京中央贸易干部学校，分配到中国进口公司后，历任对外经济贸易部国际贸易研究所副研究员、副所长、所长，中国国际贸易学会副会长、中国国际金融学会副会长，中国外交学会理事、中国世界经济学会理事。长期从事经济和中国对外贸易的研究。撰写、发表《中国对外贸易发展方针与发展前景》《中国进口结构》《当前严峻的世界贸易形势及其发展前景》等论文。1996年时，张培基牵线搭桥，为家乡太仓引进了美国的全球著名的体育用品制造商耐克公司，太仓市委市政府按政策奖励了他50万元，张培基悉数捐出，建立了“张培基奖学金”，奖励太仓的优秀学子。而耐克公司，每年要为太仓缴纳10个亿的税收，这对太仓的经济发展是个不小的贡献。

张隽人另有两个儿子张培础和张培成，是上海画坛有名的兄弟画家，实力派画家。

张培础，毕业于上海美术专科学校。现为上海大学美术学院教授、上海中国画院兼职画师、上海民盟书画院副院长、“水墨缘”国画工作室主任、上海美术家协会常务理事兼中国画艺术委员会委员、中国美术家协会会员。1978年起执教于上海戏剧学院舞台美术系，任绘画教研室主任；1994年执教于上海大学美术学院，任教学副院长兼中国画系主任。长期从事中国画、素描、速写的创作和教学。曾主编《上海高等艺术院校学生素描作品集》《上海业余辅导教材素描丛书》《上海第十届海平线绘画雕塑联展作品集》及多种中国画、速写辅导教材。

张培成，曾就学于中央美术学院，毕业于上海大学美术学院中国画系。现为上海中国画院创作研究室副主任、一级美术师、中国美术家协会会员。自20世纪80年代以来，其国画《生气勃勃》《孔雀东南飞》《微风》《沃土》等先后入选全国美展，在中国北京和台湾地区以及德国等海内外举办过个人画展。出版《张培成画集》《当代中国画技法赏析丛书·张培成水墨人物画创作》，作品多次获全国奖。

张姓是太仓的望族，历史上张溥、张采、张寅等都是文化名人，而当代的张培基、张培础、张培成也都是名人，并且张氏三兄弟都对太仓有很深的故乡情结，愿为太仓的经济建设、文化建设出力。

2012年8月6日

江南丝竹又绽奇葩

——著名作曲家张晓峰的新贡献

国家一级演员、著名作曲家张晓峰自退休回家乡太仓定居后，可以说未一日虚掷光阴，天天在为他心爱的音乐忙得充实、忙得愉快、忙得忘了年纪。

张晓峰这几年特别关注民间音乐的收集、整理、创作，至于对家乡的音乐人才的培养，文化底蕴的发掘更是情有独钟，不遗余力。

为了弘扬地方传统文化，张晓峰近期对江南丝竹的研究倾注了大量的精力。据他研究，太仓的昆曲班社曾风靡一时，清代后，昆曲逐渐式微，那些散落在当地的昆曲乐师，因生计之原因，纷纷转入民间的演奏班子中，如清音班、小堂名，等等。

这样，原先下里巴人的民间音乐，也就自然而然地吸收、借鉴了昆曲的某些声腔和旋法，逐步形成了太仓地区那种带有昆曲韵味的丝竹音乐特色，成了民间音乐中的一朵奇葩。

张晓峰作为一个喝娄江水长大，受过江南丝竹启蒙与熏陶的作曲大家，他有心要为江南丝竹烧一把火，他把太仓各乡镇那些民间的江南丝竹曲目一一收集起来。他发现江南丝竹在乐曲方面，多年来以《老六板》等八大名曲为主，太仓地区虽还有《节节高》《葡萄仙子》等乐曲，但流传不广。张晓峰为了推陈出新，他着手整理、改编了多首区域性流传演唱的江南丝竹乐曲。并根据江南丝竹的特点创作了《水乡情》《节节高》《看花灯》《龙虎斗》《葡萄仙子》《忆记景》《满庭芳》《普天乐》《八段锦》《乌夜啼》等作品。由于这些曲目经张晓峰加工改造后，旋律优美，地方特色浓郁，很快引起了多家乐团的注意，并多次找张晓峰接洽，要其录音、出版。

张晓峰认为，这是太仓音乐，或者说是江南丝竹走向市场、走向全国的一次极佳机遇，他雄心勃勃地想把富有太仓特色的江南丝竹像云南丽江的纳西古乐一样发掘出来，推广出去，争取成为太仓一道亮丽的文化风景线。张晓峰认为，这套根源于太仓的新丝竹乐曲，首先应该由太仓地区的丝竹手来演奏，这样就原汁原味，即使土，也要土得纯，土得原始，土得朴实，使其更有生命力，更有竞争力。由太仓的民乐手演奏，从一定意义上来说也是展示太仓的民乐实力，弘扬太仓丝竹之乡的特色与优势。

目前，张晓峰正在精选演奏笛子、扬琴、琵琶、二胡、中胡、中阮、笙等乐器的高手，准备让他们代表太仓一显身手，整个活动由文化馆组织。张晓峰还告诉笔者，等唱片录制好后，他将把这十首乐曲无偿提供给太仓各乡镇的丝竹爱好者演奏，他引用俄国音乐家格林卡的一句话“音乐来自人民，作曲家只是把它编编而已”。所以他认为这套新丝竹乐曲“取之于民，还之于民”是理所当然的。

张晓峰的勤奋、实干，与他的谦虚实在是值得我们敬重与学习的地方。祝愿新江南丝竹乐曲早日完成录制。不管这套乐曲能否像纳西古乐一样风靡开去，张晓峰所做的努力，家乡人民与广大音乐爱好者都不会忘记的。

2001年1月26日

神笔马永先

在中国，提起体育界的马家军与马家军教头马俊仁几乎无人不知，无人不晓。其实，在我国的硬笔书坛，也有一支“马家军”，他们的教头就是江苏太仓的马永先。也许，比起马俊仁的名头，马永先还差了几个档次，但在硬笔书坛，马永先绝对算得上一个人物，他与他的马家军弟子，以骄人的成绩使得书坛谁人不识君。

口说无凭，成绩为证，请看：

1989年，马永先获全国首届黄河杯硬笔书法大赛一等奖；1990年获西安国际硬笔书法大赛一等奖；1991年获首届全国规范汉字楷书书法大赛中青年组硬笔书法一等奖；1993年获第二届海内外中国书画篆刻大赛成年组硬笔书法唯一的金奖。据了解，马永先在各种大赛中获得的等级奖就有七八十项之多。他的作品被收入《当代书法作品选》《钢笔圆珠笔正楷字帖》等多种选集，并被选送到日本、比利时、新加坡等海外国家与地区展出。再看他指导的弟子，已有近四百人次获奖。例如1997年中央电视台举办了“迎香港回归祖国青少年书画大展”，马永先选送的11名弟子的作品全部获奖。不但夺得了唯一的一名金奖，还夺得了5名银奖中的4名，14名铜奖中的6名。难怪中央电视台的副台长洪民生感慨万千地说：“这次大赛好像是专为你们太仓举办的。”

去年，国家教委组织的第二届全国少年儿童绘画书法大赛，马永先选送了他辅导的21名小学生的硬笔书法作品，结果3人获一等奖，9人获二等奖，5人获三等奖，面对评选结果，评委都惊叹了。

马家军不可思议的成绩，一次又一次震惊了我国的硬笔书坛。人们不禁要问，难道马永先也像神话中的马良一样，有一支神仙赐予的神笔？其实，马永先只是江苏太仓市农机总公司的一名普通职工。大约1986年时，一次偶然的机会，他看到了《中国钢笔书法》一书，仿佛心有灵犀一点通，他豁然有悟，知道了该怎样才能获得那支马良式的神笔。于是，他握笔不辍，冬也练，夏也练，白天练，晚上也练，几乎每天要练六七个小时，真正做到了曲不离口，拳不离手。他从唐人楷书入手，反复研读，体会欧阳询、褚遂良、颜真卿、柳公权诸位大家的书法精髓，后又学钟繇，学王羲之，汲各家之长，化一家之体，在审美情趣上，他既喜欢小桥流水式的恬静，也欣赏大海大洋波涌连天的气势，他注重两者的结合，尽量写出字本身的内涵与神韵，尽量写出自己的感情，自己的激情。马永先的可贵之处在于尊重前人又不迷信前人，敢于怀疑，敢于创新。他常常为了把某一个字写得更好而数十遍数百遍地研究构架。如走字旁，他反反复复写总还不满意，一次他看电视时见高台滑雪运动员弓身收背，从高处凌空而下的镜头，这触动了他，启发了他，他把走字旁设计成尽量向前倾斜，果然，字体活泛多了，有了一种动的感觉，甚至隐隐有一种一泻而下，阻挡不住的感觉。类似的例子很多很多，譬如“浮”字，他的三点水写法就与众不同，他借用了隶书的笔意，使得浮字在字面上就有一种浮的感觉。据说已有不少硬笔书法爱好者在赞叹之余，正奉为楷模学着呢。

或许是马永先这种继承为基础，创新为探索的精神使然，他的硬笔书法逐步形成了晋唐合璧，用笔精到，结体修长，凝重沉着，高简浑穆与欧颜融会贯通的个人风格。他追求字体的笔断意连，静中有动，书写时错落有致，流溢出空灵，给人耐看耐品的感觉和美的享受。马永先以他的灵气、悟性，以他永为人先的精神，以及他的巧功夫、苦功夫，终于在我国硬笔书坛以一匹黑马的态势脱颖而出，几乎到了一出手就获奖的地步。当他参赛获奖似探囊取物般十拿九稳有把握时，当他的努力他自己的价值得到社会充分肯定时，他很少再去参赛了，他以习字陶冶情操，自娱自乐。

不少家长闻知马永先的硬笔书法屡获大奖，望子成龙的家长通过种种关系，纷纷要求把子女送到他的门下学习，马永先怕落下好为人师的口实，犹豫不决，友人见此，故意用激奖法激他，说：“你一人得奖不稀奇，如果你带出的学生也能获奖，那才是真本事。”马永先决心试试。

先贤云“学然而知不足，教然而知用”，一带学生，就逼着他从理论上去总结，这一总结，一上升到理论，他渐渐地觉得自己的硬笔书法真正开始进入了自由王国，真所谓教学相长，马永先根据自己的实践经验，总结出了“上紧下松，左紧右松，中宫收紧”的习字三要素。又根据汉字不同的组字规律，总结出了“长横配短撇，短横配长撇”“左密则左雄，右密则右伟”“字短则肥，字长则瘦”等等独家口诀。他教学生就先讲规律，先教口诀，坚持从理论到实践。这样，只要他的学生掌握了他的马氏写字诀，再加上他的悉心辅导，那些十岁上下的学生少则半年，多则一年两年，都能在全国硬笔书法大赛中夺金争银。硬笔书坛的马家军，简直成了赛必折桂的常胜军，且每每以集团军面目大面积获胜。

马永先与他弟子的赫赫成绩，引起了硬笔书坛那些权威的极大关注，他们希望马永先把他的教学经验形成理论，形成文字，流传于世，泽惠后学。目前，他正应约为上海书店撰写《中小学生硬笔书法练习册》，许多人在期待着呢。

1998年6月6日

《舌尖上的中国第二季》之《三餐》导演丁正

近期影视界的热门话题是《舌尖上的中国第二季》，这部以介绍中国美食为主的纪录片播出后，风靡大江南北，引起了海内海外观众的高度关注，网上的评论连篇累牍，虽然褒贬不一，但总体来说，赞誉远远多于质疑，并且因此掀起了新一轮的美食热。

应该讲，在一个文化多元的时代，一部电视片能如此抓眼球，有如此高的收视率，无疑是个巨大的成功。

不少人在欣赏、评论了《舌尖上的中国第二季》后，食欲顿生，胃口大开，甚至以品尝到片子里介绍的美食为骄傲、为人生快事。据我所知，不少太仓吃货还专门去上海、苏州寻访片子里的美味佳肴，以饱口福。然而极少有人知道，《舌尖上的中国第二季》中的第7集《三餐》的导演丁正乃正宗太仓人，毕业于太仓高级中学。

1980年丁正出生于太仓城厢镇，父亲是太仓的一位企业家，母亲是一位上海知青。他小学就读于太仓实验小学，初中就读于太仓市一中，高中就读于太仓高级中学。因为他与我儿子从小学到高中都是同班同学，后来又同在上海广电传媒集团工作，一度算是同事，所以对他有所了解。

1999年丁正考取了上海对外贸易学院，父亲为他选择了国际贸易专业，因为丁正的父亲开纺织厂，他很希望儿子学成后回太仓来接班。但丁正的兴趣在艺术，不在企业。读到大三时，经过慎重考虑，他下决心去学电影导演，有主见的他，说服了他父亲，于2002年去法国巴黎国际电影学院学习电影导演专业。在法国求学期间，他就崭露头角，与法国纪录片导演Henri Elalouf（亨利·埃拉洛夫）在巴黎合作拍摄了关于自闭症儿童的纪录片，并在多部35毫米和超16毫米胶片短片的拍摄中担当导演、摄影。

2006年丁正学成回国，三年多的法兰西留学生活，锻炼得他能说一口流利的法语与英语。回国后，他进入了上海文广新闻传媒集团纪实频道担任编导。在中国的电影电视界他算是地地道道的科班出身。

前几年听我儿子说起过，丁正受命去亚丁湾拍摄索马里海盗的纪实影片，很艰苦很危险，至今印象深刻。

2013年，丁正创办了上海常寂光文化传播有限公司，出任监制与导演。丁正是一下子冒出来的吗？非也。有一部19分钟的专题片，名为《丁正和他的导演梦》，拍摄了丁正的梦想与奋斗，用丁正的话“电影就是他的半条命！”他是实打实地一步步进步的，自2000年以来他参与拍摄的各类片子获奖无数。

2013年1月，央视《舌尖上的中国》的总导演陈晓卿千挑万选，选中了在纪实电视片领域中冉冉升起的新星丁正，他接了拍摄《舌尖上的中国第二季》这艰巨而荣誉的任务。在确定选题的阶段，总导演陈晓卿隔三岔五组织参与者开会，还时不时邀请一些美食专家加入讨论，而这种会议、讨论，往往没什么时间概念，经常开到深更半夜。为了让每个分集导演对美食有更多的认识和涉猎，陈晓卿还给丁正等分集导演开了一份庞大的书单。

为了拍好《三餐》，丁正一个人马不停蹄地到十多个城市去踩点，去寻找美食。去了城市，去了县城，还去了乡镇，甚至去了边远、偏僻的农村。

在前期的调研和前期采访的阶段，丁正处于“匿名”的状态，不说出自己是《舌尖上的中国第二季》分集导演这个身份。等到实拍时，才与拍摄的对象表明身份，并不忘请他们保密。丁正说：“每个美食的背后有时可能会涉及十多个人物，所以整个前期采访量是很大的，至少接触了几百个与美食有关的男男女女、老老少少。”

从2013年4月份开始实地拍摄，他带着四五个人的精干团队，先后去了广东、云南、青海、四川、浙江、江苏、上海等省市，历时半年，行程数千公里，大约到10月份基本拍好，进入后期制作，后来又陆续去各地补拍了一些镜头。央视对这类题材很重视，把关很严，要求很高，反反复复修改，可谓精益求精。丁正告诉我，拍摄的艰苦倒无所谓，最痛苦的是删节，他戏称“这是个割肉的过程”。整部纪录片的片比高达150：1，也就是说，观众看到每一分钟的画面，都是从150分钟的素材中剪辑出来的。而每一个镜头，都是丁正与他的团队的心血啊。

《三餐》是一部贴近现实、贴近普通老百姓日常生活的纪录片，拍摄了大量生活在底层的老百姓一日三餐的情景，买菜、洗菜、烧菜、用餐，朴实而真实，片子里出现的那些大爷、大娘、姑娘、孩子，就像你我的街坊邻居，而那些美食美点，不少是我们曾经见过、吃过的，能勾起观众许多美好的回忆，也使不少年轻人增知长识，用时下的话说，就是一部很接地气的好片子。

太仓也是美食之乡，最近原弇山饭店退休的名厨陆以延撰写、出版了《太仓美馔古今谈》，拜读后，让我大开眼界。如果能聘请土生土长的太仓人丁正来导演、拍摄一部反映其家乡太仓美食美点的片子，那不仅仅是太仓人的口福，更是宣传太仓，扩大太仓知名度的一个极好契机、举措啊。

2014年5月29日

冉冉升起的画坛新星汤雪村

去汤政的天工雕塑绘画艺术馆参观，最大的收获是意外地知道了汤雪村是他的女儿。说实在的，知道汤雪村这个名字有几年了，知道这是一个正在脱颖而出的画坛新秀，是正在冉冉升起的画坛新星，但还从来没有把她与太仓联系在一起。当我知道汤雪村是太仓人，当我看了汤雪村的那些画、那些书法作品后，我感到了一种艺术的冲击与震撼，对我来说，这种感觉不是常有的，我真的很欣慰。我想，凡去过天工雕塑绘画艺术馆，欣赏过汤雪村作品的，十有八九会对汤雪村的作品留下深刻印象，感叹这是一位极富潜质的书画新苗，自然而然会对她的未来充满期盼、期待。

后来，我与汤雪村见了一面，聊了一次，知道了她的美术观，知道了她对美术的追求，对她的了解也就不仅仅局限于画作与书法了。以我的审美，以及我对中国美术界的了解，我可以预言，汤雪村的前途无可限量，假以时日，她会在我国的美术界大放异彩的，说不定会成为太仓的骄傲，我慎重地向太仓的父老乡亲、太仓的读者推介。

我这样说，也许有的读者会认为我言过其实，有溢美之嫌，还是以事实说话吧。

汤雪村出生于1988年3月，是标准的80后，她父亲汤政是搞工业设计和雕塑的，被评为“娄东英才”，母亲从事染织美术花边设计，喜欢弹奏古琴，出生于这样一个家庭，耳濡目染，潜移默化，从小播下了艺术的种子，亲近艺术，喜欢艺术，似乎是自然而然、顺理成章的事。颇有天赋的汤雪村2006年9月如愿考取了南京艺术学院，2007年还只是个大二学生时就进入了中国画人物工作室，因成绩优异2010年又考取了美术学院的研究生。在校期间，还担任了南京艺术学院大学生书法协会会长。

今年才24岁的汤雪村，已经是江苏省美术家协会会员、江苏省书法家协会会员、江苏省文联书画研究中心的研究员。可以毫不夸张地说：起点高，路子正。

汤雪村在大二的时候，其人物画就已在全国性的赛事中一次次入展、获奖，谓予不信，请看事实：

2007年，其工笔人物作品《红肥绿瘦》获苏州市第二届新人新作展优秀奖；书法作品《老子道德经》获庆祝中国改革开放30周年书画展二等奖；2009年，写意人物作品《桑巴》入选“迎青奥”南京大学生书画作品展；2010年，工笔画人物作品《谷雨》获南京艺术学院亚明奖二等奖；同年，工笔画人物作品《谷雨》获江苏省美术家协会第3次新人新作美术作品展新人奖；工笔人物作品《红肥绿瘦》入选“金陵风”中国画精品展；工笔画人物作品《谷雨》入选全国首届现代工笔画大展；线描人物作品《马路天使》获第二届中国画线描艺术展优秀奖；2011年，工笔画人物《祈盛图》入选全国第八届工笔画大展；同年，工笔画人物《祈盛图》获亚明奖一等奖；2012年，获南京艺术学院陈之佛奖学金一等奖……

再来看汤雪村作品的出版与发表：2007年，由周京宁创作，汤雪村绘画的《动物成长也烦恼》，在江苏少年儿童出版社出版；

2010年第8期《美术界》发表汤雪村撰写的美术理论文章《浅谈中国工笔画人物画线造型问题》；2011年第2期《书画名家》又发表汤雪村的《艺术创作的源泉——我的中国画创作体验》；同期《书画名家》还发表了《惨淡经营的漫不经心——于友善、汤雪村师生谈话录》；2011年第5期《美术》发表了汤雪村在第二届中国画线描艺术展上的获奖作品；同年，在“第十六次南京大田书画交流展”发表汤雪村作品《春华》；这年10月中国文联出版社《人物》推出的《90后》，有汤雪村的作品……

小小年纪的汤雪村初出茅庐就一鸣惊人地取得如此成绩，光这些就足以让人刮目相看。究其原因，一是良好的家学家教；二是科班出身，有名师指导；三是天赋异禀，悟性独特；四是自身的刻苦与好学。

汤雪村的书法无疑是临帖学碑，下过萤雪功的，一看就知道碑帖基础很扎实。其作品大方、清秀、典雅、耐看。

当然，她最擅长的是人物画。以《谷雨》为例，画了8位当代女大学生，各有各的服饰，各有各的发型，各有各的站姿，各有各的表情，真所谓“此时无声胜有声”，不著一字，却把当代女大学生追求个性，与她们的精神面貌表现得栩栩如生、淋漓尽致。取名《谷雨》，其内蕴，其象征意义耐人寻味。

再看她的获奖作品《祈盛图》，是一幅藏人风俗风情图，画面上11位人物，有老有少，有男有女，有僧有民，穿戴各异，动作不一，或转经幡，或数念珠，或双手合十，或手持贡品，或做祈祷状，或作磕长头状，其背景是一幅高悬的唐卡，整个构图给人以安详、平和的感觉，人物与背景和谐统一，浑然一体，而整个画面以蓝、红、黄为主色调，色彩浓烈，视觉冲击力极强，有一种过目难忘的效果，肃穆不失灵动，庄严却蕴含亲切。站在这原作前油然感到大气磅礴，气势慑人，如果把局部放大，比如单个人物的脸部，那表情惟妙惟肖，显示出了不一般的刻画功力。

汤雪村值得评的好作品很多，因篇幅关系，不能一一尽述。简言之，汤雪村是一位聪颖，有实力、有后劲的青年书画家，我十分看好她的创作。

2012年1月汤雪村作为南京艺术学院美术学院与美国代顿大学的交换生留学美国。这次深造，东西方文化的碰撞、交流，使她视野顿阔，取长补短，站在文化比较的高度去感悟人生，洞察人性，使她在笔墨和线条的处理上，更加胸有成竹、游刃有余。在美国代顿，汤雪村被学校教授公认为是他们教过的最刻苦、最礼貌的学生，汤雪村获授了极难得的“4A”优秀学生的荣誉，最值得骄傲的是，由于其学业优秀，留学不久的汤雪村应邀在美国举办个人画展，这可是在俄亥俄州办个展的第一位中国学生。汤雪村的优秀，应该属“小荷才露尖尖角”。

2012年7月28日

父亲，一个准老式文人

读者看了这题目，或许会奇怪，老式文人就老式文人，怎么还加个限定词“准”，这算什么意思？

这得容我解释一下，按老式文人的标准概念，我父亲似乎还不在这个圈内，因为他大半辈子是银行职员，并不从事文化行档。但他又是名副其实出身书香门第。我父亲的祖父是清代皇宫里的御医，我父亲的父亲凌公锐在近代史上，也算小有名气。他祖父毕业于日本早稻田大学，著有《万国史纲要》《法治理财》等书，后英年早逝于日本。当年我父亲仅9岁，家中的顶梁柱一倒，父亲无法完成正常的学业，至初二就辍学外出当学徒了。可能是遗传因子的作用吧，父亲读书不多，却写得一手漂亮的毛笔字。以我的审美，现今有些名头大得吓人的书法家其毛笔字写得还不如我父亲呢。我父亲辍学是迫于无奈，所以他读杂书读闲书一日未松，看得多了，技痒后也常爬爬格子投投稿，还赚到过一些稿费呢。当然，这都是20世纪50年代前的事。用现在的标准来衡量，属业余作者，或叫自由撰稿人，鉴于此两点，我给他定为“准老式文人”。

说他老式，因为我父亲受的是传统教育，传统的儒家思想根深蒂固，标准一个“非礼勿视，非礼勿言”的孔孟之徒，越规越矩的事从来不敢做，老派文人作风。自1949年后，父亲就封笔不写了。

记得1980年底我儿子出生，我给他取名为凌晨，小名晨晨。我父亲知道后告诉我，说他小时候就叫晨朗，后来读书后改为凌贻初。没想到废弃不用的乳名，会与几十年后孙子的名字相契合，这可能是冥冥之中的定数。父亲说：“凌晨这名字好，凌晨是一大早，一日之计在于晨，是个好兆头，有希望有寓意的名字。”

有次我父亲对着我儿子凌晨说：“我的父亲凌公锐是大学生，你的父亲凌鼎年也是大学生，只我和你一老一小两个晨晨不是大学生，我是自学到大学水平，你将来可要强父母，胜祖宗，考个好大学……”

可惜我父亲没看到这一天，在1983年3月20日因心脏病发作而魂归道山。可以告慰我父亲的是，我继承了他未竟的写作爱好，如今已有了400多万字，十几本集子的收获；孙子凌晨也考入了上海大学影视工程系，成了正儿八经的大学生，没辜负我父亲当年的期望。

谨以此文纪念我的父亲仙逝18周年。

95岁的老母亲

我的母亲叫方桂英，一米五的个子，瘦瘦小小，朴朴实实。以世俗的眼光与标准来评判，这是一个普普通通的名字和一个平平凡凡的女性。然而，在我眼里、在我心里，我的母亲却是一位了不起的女性，一位伟大的母亲。

我的母亲是上海人，1915年12月26日（农历十一月二十五日）出生于上海静安区康定路一个邮电工人的家庭，我的外婆一共生了12个孩子，夭折一个，送掉一个，养大了整整10个。我母亲排行老四，上有哥哥、姐姐，下有弟弟妹妹，穷人的孩子早当家，我母亲稍大点儿就帮助她母亲带弟弟妹妹，在艰难岁月中学会了烧饭、炒菜，缝缝补补等一应家务活。养成了吃苦、忍耐的精神，也锻炼得心灵手巧。她烧菜做点心有一手绝活，能烧出整桌的酒水，凡尝过她做的菜的人，无不由衷赞美道“味道好极了”；她裁剪做衣也是行家里手，那中式棉袄人见人爱，琵琶纽、蝴蝶纽、长花纽、盘香纽、一字纽、太阳纽、桃子纽等光纽扣就能翻出几十种花样，不少准新娘都慕名前来要求我母亲为她们做嫁衣裳。我母亲的巧手在我们居住的小镇上是出了名的。其实，我母亲未嫁前还在上海的民生药厂做过，属早期工人阶级的一员呢。

我们的父亲出身于一个衰败的书香门第，他是一个老实、内向的老式文人，既不会家务，也不善理财。我家共有兄弟姐妹5人，我母亲是个家庭妇女，没有收入，一家7口，要靠我父亲每月47元的工资来维持生活，这当家人做的多难啊！

记得小时候日子过得很清贫，我们兄弟几个又是长身体的时候，饭量大得惊人，母亲为了养活养大我们5个孩子，不得不揽活挣钱。印象中，剥过毛豆，糊过盒子，贩过糖精，卖过熟山芋，加工过猪血，摆过水果摊，遭受过白眼，遇到过无赖，但她都挺过来了。

多少个寒冬腊月，多少个冰天雪地的日子，半夜时分，母亲就得起来干活了，为的是挣那么一点儿辛苦钱，以补贴家用。

几十年来，母亲从来舍不得给自己添一件新衣服，买一双新鞋子，总想着我们几个子女，有好吃的省给我们，有一点点积蓄，就用在我们子女身上。

记得1980年底时，我在微山湖畔的煤矿摔打青春，我家属在临回上海生孩子前夜，突然早产了，这一下子打乱了我的计划，不知如何是好，母亲接到我的电报后，连夜赶到了冰天雪地的大屯煤矿，当时她也已是65岁的人了。母亲千里迢迢赶来，使我吃了定心丸。在母亲的精心调理下，我们的孩子健康地成长，每每想起这些，我就对母亲有一种深深的敬意与歉意。

我们看着她的头发开始花白了，脸上逐渐有了皱纹，当我们5个子女一个个长大时，她却在慢慢老去。她一生只有我们这些子女，没有她自己，她把一生的心血都倾注在了我们5个子女的身上，她含辛茹苦培养出了我哥我弟与我三个大学生，这可是在20世纪80年代以前啊。

唯一可以欣慰的是她多年来一直健身，活到了95岁高龄。遗憾的是2008年年底时她不幸患了胃窦癌，住进了医院。当我拿到医院的化验单，如遭晴天霹雳，立马退掉了去广东参加第四届全国校园文学研讨会的飞机票。我们几个子女商量后，想给她开刀的，但找不到主刀医生，医生一听95岁，都说“高寿了，高寿了”，没一个敢主刀的，理由是如此高龄，麻醉关就过不了。我们做子女的唯一的办法就是临终关怀，减少老母亲仙逝前的痛苦。

一晃已住院两个多月了，开始几天她还能吃流质半流质，后来吃啥吐啥，以致粒米不进，再后来滴水不进，完全靠输液维持生命，但仍然每天吐好几次。因为胃窦堵住了，吐都吐不出，每吐一次，似乎都要把舌头根吐出来，让我们子女心疼不已。我知道老母亲一定很难受很难受，但她几乎不流露出来，一再忍着，不提任何要求，因为我注意到她被窝里的手常常紧紧地按着胃部。

由于我与我弟弟还要上班，我们请了护工24小时照顾她，我们兄弟几个只要有时间就往医院跑，我推掉了能推掉的所有活动，每天至少去医院两到三次，虽然我们也帮不上什么大忙，但我相信老母亲看到我们时内心会是欣慰的、安静的。晚上她看到我们还在她病床前，总会用微弱的声音对我们说：“回去吧，早点儿回去吧！”当她连说话的力气都没有时，她就朝我们挥挥手，示意我们回去休息，她则静静地躺着，尽量不在脸上流露出任何痛苦的表情。

尽管她连说话的力气也没有了，但她的脑子始终是清楚的，我问她：“我是几点钟出生的？”她告诉我：“晚上9点多……”

当她知道自己行将大去的时候，还惦着孙子孙女、外孙元孙，在新年新岁时，关照要给孙子孙女、外孙元孙发压岁钱。每当孙子孙女、外孙元孙到她病床前时，她都会努力睁开眼睛，脸上露出笑容。

自住院后，老母亲不吃不喝已两个月了，人瘦了许多，不过脸色尚好。医生都说，这老太太的生命力真顽强，一般人，不要说95岁，就是七八十岁的，恐怕也早走了。

我曾听人说过辟谷的故事，据说有人几十天不吃东西，啥毛病没有了，医学上谓之饥饿疗法。我老母亲会不会不吃不喝两个月后，把癌细胞饿死了？元宵节那天，我们征得医生同意，开始给老母亲喝一点米汤，尽管仍吐，但竟然吃下去了，开始吃一顿，现在吃三顿，连医生也怀疑可能胃窦有点通了，要不怎么能吃下去了？

我们也知道出现奇迹的可能性微乎其微，毕竟是95岁的耄耋老人了，或许仅仅是回光返照，但我们做子女的还是期盼奇迹出现。不信神灵的我，竟每天都会自觉不自觉地祈祷，愿神灵保佑，祝老母亲战胜病魔，成为快乐的百岁老人！

2009年2月14日于江苏太仓先飞斋

获中国散文学会、江苏省作家协会主办的第二届“漂母杯”全球华文母爱主题散文大赛三等奖。